星海社
FICTIONS

レッドクラブ・マーダーミステリー

太田忠司
Illustration／ヘルミッペ

星海社

Illustration　ヘルミッペ
Book Design　Veia
Font Direction　紺野慎一＋三本絵理

RED CRAB MURDER MYSTERY

レッドクラブ・マーダーミステリー

太田忠司

TADASHI OHTA

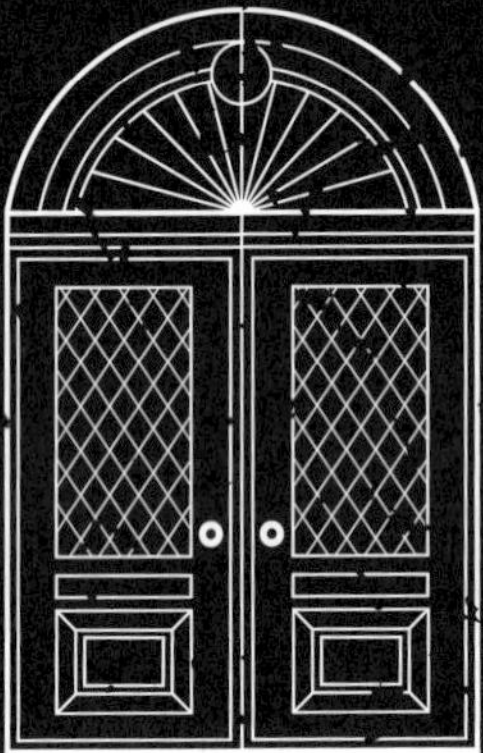

RED CRAB MURDER MYSTERY

CONTENTS

第一部　赤蟹島の惨劇　11
第二部　赤手蟹島の惨劇　93
第三部　真相　249

アバーナシー・ホール　館内図

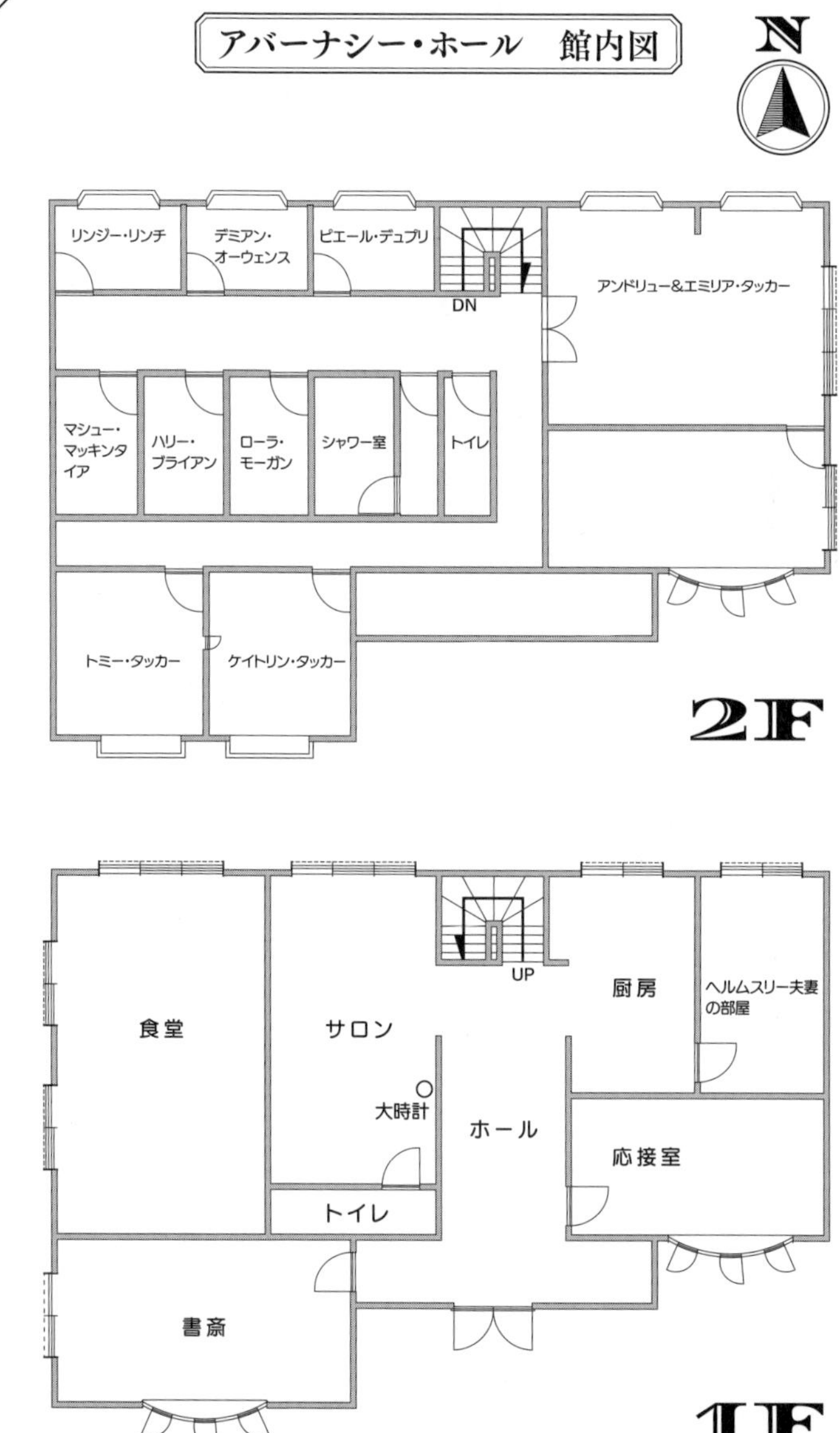

RED CRAB MURDER MYSTERY
CHARACTERS

〈タッカー家の人びと〉

アンドリュー・タッカー
世界に名だたる流通王にして、孤島の館「アバーナシー・ホール」の主。有り余る富を注いで稀覯本を蒐集するとともに、全世界の名探偵のパトロンを務める。

エミリア・タッカー
アンドリューの妻。アンドリューとは大学在学中に出会った。医師にして、タッカー財団の運営にも携わる。

トミー・タッカー
アンドリューの息子。タッカー家の後継者として経営術を学ぶ、スタイルのいい男性。

ケイトリン・タッカー
トミーの妻。絵画などを物する才人だが、どこか垢抜けない雰囲気がある。

レイチェル・ヘルムスリー
アンドリューの娘。夫のクリスとともにニューヨークでシーフードレストランを経営し、館での食事を差配している。

クリス・ヘルムスリー
レイチェルの夫。妻のレイチェルとともにニューヨークでシーフードレストランを経営し、館での食事を差配している。

〈全世界から招かれた名探偵たち〉

マシュー・マッキンタイア

元スコットランドヤードの特殊事件捜査担当官であり、理性と知性で事実を選り分け犯行を暴くロンドンの私立探偵。メタルフレームの眼鏡をかけた初老の男性。

リンジー・リンチ

アイルランド出身。アメリカで金融ビジネスパーソンとしてのキャリアを上りつめた後、データ分析を武器とする異色の探偵となる。スーツに黒革のパンプス姿の、背の高い中年の女性。

ピエール・デュプリ

フランスで最も注目される詩人にして探偵。見たこと聞いたこと知ったことを言葉に表出するという意味で、詩作と推理は同義だと語る長身長髪の男性。

デミアン・オーウェンス

カナダ文学史を専門とする大学教授。モントリオール警察の特別顧問であり、心理的直感と独自の論証術で真実を証明する探偵。顔の下半分が髭に覆われた、肉付きのいい男性。

ハリー・ブライアン

元ボクシングチャンピオン。豪腕だけでなく、知性と巧みな弁舌で犯人を追いつめるメルボルンの私立探偵。草臥《くたび》れたスーツの小柄な男性。

ローラ・モーガン

ロサンゼルスのミドルスクールに通う十四歳の少女。十一歳ではじめて窃盗事件を解決したのを皮切りに、密室殺人や連続誘拐殺人を解決に導いた最年少探偵。

RED CRAB MURDER MYSTERY

第一部 赤蟹島の惨劇

1

「西オーストラリア州のパースから空路でココス島国際空港に向かうのが、インド洋に浮かぶココス諸島を訪れるための唯一の交通手段です。ココヤシの木が生い茂る白砂《はくさ》のビーチに囲まれたサンゴ礁の島々がほぼ完璧な円形の環礁《かんしょう》を形作るこの諸島は、様々な歴史的変遷を経て現在はオーストラリア領となっています。空港のあるウエスト島から他の島へ渡るには、船を利用する以外に方法はありません。今日、あなたがたがそうしたようにね」

館の主はサロンに集まった客たちを前に話しはじめた。

「ようこそアバーナシー・ホールへ。私がこの屋敷の現在の主、アンドリュー・タッカーです。最初にここの来歴についてお話ししておきましょう。一九二一年、当時無人島であったこの島をアメリカ人の資産家トーマス・アバーナシーが買い取り、赤蟹島《レッドクラブアイランド》と名付けました。名前の由来は、これです」

アンドリューはサロンの中央、壁際に設置された大時計を指差した。木製で高さは二メートルほど。文字盤周辺と振り子を収納したキャビネットには蟹《かに》を象《かたど》ったレリーフが施されている。

「クリスマスアカガニ。クリスマス島とココス諸島に多く分布する甲幅《こうはば》十センチほどの蟹です。オカガニ科に属しており、普段は陸地に住んでいるのですが、十月から十一月にかけて彼らは産卵のため大挙して海へと移動を始める。その名の由来となったクリスマス島では数千万匹の蟹が一度に動き出して、地面が埋めつくされます。この赤蟹島でも、それが見られます。時期としてはちょうど今頃でしょうか。そろそろ大移動が始まってもおかしくない。もしかしたら皆さんは滞在中に、その奇跡の光景を眼にすることができるかもしれません」

客たちは何も言わずに彼の話を聞きつづけている。

「さて、物好きなトーマス・アバーナシーはこの島を買い取ると、島の西端にある高台にバカンスで利用するために屋敷を建てました。皆さんが今いらっしゃる、このアバーナシー・ホールです。彼はここに友人たちを招きインド洋の絶景と、そして何よりも赤蟹の大移動という奇観《きかん》を楽しむつもりでした。事実、建てて数年は訪れていたようです。しかし一九三三年には手離してしまった。事業に失敗して売ったとも、蟹のあまりの多さに辟易《へきえき》したとも、あるいは単に飽きたとも、いろいろ理由は憶測されたようです。そして幾人かの手に渡った後に私、アンドリュー・タッカーが所有するところとなったわけです」

手入れの行き届いた口髭《くちひげ》に軽く触れながら、アンドリューは話している。

「続いて私自身の紹介をいたしましょう。我がタッカー家は代々、海運業を営んできました。祖父のグラハム・タッカーは第二次大戦後のアメリカ海運業界の立役者として知られている人物です。彼は仕事一筋の辣腕家《らつわんか》で、生涯を通じて多くの富と多くの栄誉と、そして多くの敵を得ました。富に関しては全米で五指《ごし》に入る富豪であったとお話しすればご理解いただけるでしょう。栄誉については歴代大統領との親交が厚かったこと、議会名誉黄金勲章と大統領自由勲章の両方を受章しているという事実でご理解いただけるでしょう。最後の敵については、祖父の死亡記事を人生で一番嬉しい報せとして肌身離さず持っているという人物に会ったことがある、とお伝えしておきましょう。私は祖父の記憶があまりないのですが、子供心に厳めしい顔つきの大人だと思ったのを覚えています。

父のダグラスについては、息子の私が申しますのも何なのですが、善くも悪くも偉大な祖父の影響をまともに受けてしまった凡人でした。自分はグラハム・タッカーの息子なのだという自負だけは強かったのですが、それに見合う能力を発揮することはできなかったのです。それどころか商才についてはお世辞にも有能とは言いがたく、いくつかの事業を立ち上げては失敗することを繰り返し、タッカー家の富を少なからず減じてしまいました。晩年の父は酒に溺れ、自分自身を哀れみ、偉大すぎた祖父を恨《うら》んで命を削っていきました。

そして私、アンドリュー・タッカーの時代となります。私は父の轍《てつ》を踏むつもりはありませんでした。祖父の栄光は自分には無縁のものと断じ、一から仕事を開拓したのです。その結果、祖父の代よりさらに事業を拡大し、海運のみならず輸送全般にわたる一大コングロマリットを形成することができました。これは自負でもなく誇張でもありませんが、世界の流通の命運は我が手に握られているといっても過言ではありません。それだけの力を、私は手に入れたのです」

自信に満ちた口調で、彼は言い放った。

「有り余る富と力を、私は自分の好きなことのために使おうと決めました。まず最初は映画でした。子供の頃から好きだったアクション映画を作るために映画会社を設立し、広く人材を集めて映画作りに乗り出したのです。最初はずいぶんと不評を買いました。素人が金に飽かせて無駄な映画を作っているだの、どうせすぐに失敗するだのとね。たしかにすべての作品が成功したとは申しません。しかし世界的なヒット作もいくつか生み出すことができ、映画事業も現在は好調です。次に乗り出した出版業界においても才能ある新人作家の発掘を積極的に行い、作品を各国語に翻訳して同時刊行するという方式で話題をさらい、世界的なベストセラーを生み出すことができました。このようにして私は、好きなこともまた仕事にすることで、更なる成功を収めてきたのです。そうして得た富を、今度こそ何らかの形で世界に還元したいと考えました。それもありふれたボランティアや社会貢献などでなく、あくまでも自分の趣味趣向に沿った形で。

私の一番の趣味、それはミステリです。若い頃から古今東西の名作を読みあさり、トリックの妙や探偵の活躍に心を躍らせてきました。マンハッタンの私邸にある書庫はミステリの蒐集《しゅうしゅう》に関しては世界一のものだと自負しています。ポオはもちろん、ザングウィル、ガボリオ、コリンズ、チョン・シャオチン、エドガワ・ランポの初版本など稀覯本《きこうぼん》も多く揃えていますからね。ここだけの話、じつは読むだけでは飽き足らず、自分でもミステリ小説を書いてみようと試みたことがあります。しかし悲しいことに、経営者としての才能ほどの文才は私にはなかったようでした。なのでミステリの賞を設立して新人発掘に力を注ぐことにしました。その結果、世界各国で多くの有望なミステリ作家をデビューさせることができたのです。

そしてもうひとつ、私が力を注いだ趣味があります。それが名探偵です。鮮やかに謎を解き事件を解決する名探偵を物語の中だけに封じ込めておくのではなく、現実世界でも活躍させたい、というのが予《かね》てからの私の願いでした。各国の探偵の中から特に才能のある方々にパトロンとして援助をしてきたのも、そんな思いからです。この方面でも私の眼力《がんりき》は間違いありませんでした。今や世界中に名探偵が登場し、活躍しています。

本日はそんな世界の名探偵の皆さんに特別にお集まりいただきました。どなたも目覚ましい活躍をされていらっしゃる方々ばかりです。お互い初対面でしょうから、私のほうから紹介いたしましょう。まず最初はマシュー・マッキンタイア氏」

名を呼ばれて立ち上がったのは、初老の男性だった。ダークグレイのスーツにアスコットタイ。メタルフレームの眼鏡をかけ、白髪《しらが》まじりの髪はきちんと整えられている。

「元スコットランドヤードの特殊事件捜査担当官で、現在はロンドンはメリルボーンに居を構え、私立探偵として活躍されておられます。〝ハウンズローの吸血鬼〟と恐れられた連続殺人犯の正体がアレックス・リー・グレイ医師であることを看破《かんぱ》し逮捕に導いた件、〝カラミティ・ハウス〟と呼ばれるようになったマシュー家の邸宅での密室殺人を解決した件など、その活躍は枚挙にいとまがないほどです。マッキンタイアさん、ご挨拶をお願いします」

「ご紹介ありがとうございますタッカーさん。このような場にお招きいただき大変光栄に思います」

　男性――マッキンタイアは話しはじめた。

「警察に勤務していた頃から、私の仕事に対する方針は変わっておりません。事実とそうでないものを峻別《しゅんべつ》し、よく吟味《ぎんみ》し、そして理性と知性をもって思考する。さすればどのような難事件であっても解決は難しくないのです。犯罪者というのは自分の欲求衝動を抑えることができずに反社会的行動に出てしまう者がほとんどですが、中には知恵を働かせて罪を免れようとしたり社会を翻弄することに喜びを感じる者もおります。しかしそんな連中であっても、理性と知性をもってすれば必ず犯行を暴くことができるのです」

「明解な表明ですな。あなたの叡知《えいち》の前ではどんな犯罪者も安穏とはしていられないでしょう。では次に、リンジー・リンチ氏を紹介いたします」

　アンドリューに指名されたのは、背の高い中年の女性だった。ジャガードのスーツを身につけ、黒革《くろかわ》のパンプスを履いていた。

「アイルランド生まれのリンチ氏はダブリン大学のビジネススクールでMBA《経営学修士号》を取得した後アメリカに渡り、モルガン・スタンレー社のヴァイス・プレジデントにまで上りつめながら探偵に転職したという異色の経歴の持ち主です。そのキャリアから扱う事件は大企業を顧客とするものが多いようですが、モンドレイ銀行での不正融資事件が連続殺人を招いたいわゆる〝冬の劫火《ごうか》〟事件、巨大ＩＴ企業を狙ってサイバー攻撃を仕掛けていたハッカー集団〝メドゥーサ〟を壊滅させた事件など、多大な功績をあげておられます。リンチさん、ご挨拶をお願いします」

「ありがとうございます。皆さん、わたしがリンジー・リンチです」

女性――リンチは話しはじめた。

「わたしのモットーは分析と推論と飛躍です。集められるだけのデータを集約した後にそれを詳細に分析し、そこからいくつかの推論を立てた上で結論へと大胆に飛躍する。金融ビジネスの世界で生きていた頃も、こうして探偵をしている今も、成功の鍵は同じものなのです」

「説得力のあるお言葉でした。ありがとうございます。それでは次に、ピエール・デュプリ氏を紹介いたしましょう」

次に立ったのは長身長髪の若者だった。

「デュプリ氏はフランスで最も注目されている詩人のひとりです。その詩は難解な中にも独特のエスプリがあり、数カ国語に翻訳、出版されています。同時に彼はフランスで最も有名な素人探偵でもあります。自ら〝モンマルトルの首吊り処刑人〟と名乗ったマテュー・ド・ブラッスールの悪行を暴いた事件、英仏海峡トンネルを走るユーロスター内で起きた〝英仏海峡殺人事件〟など、多くの事件でその鋭敏な推理を披露されておられます。ではムッシュ・デュプリ、ご挨拶を」

「メルシー、ムッシュ・タッカー。今の紹介にあったとおり、僕は詩を生業《なりわい》にしています」

若者――デュプリは話しはじめた。

「探偵の仕事はなんていうか、自分から積極的に関わったというより巻き込まれたものが多いんです。不思議なことに、そういう状況に遭遇することが多いんですよ。事件で知り合いになったパリ警視庁のサン＝クレール刑事には疫病神《やくびょうがみ》みたいに言われますけどね。でも関わった以上は全力をあげて解明に取り組んできました。それは僕にとって詩作と同じものなんです。見たこと聞いたこと知ったことを自分の中で咀嚼《そしゃく》し、それを言葉として表出する。詩も推理も僕にとっては同義のものです。詩人はなべて探偵であるというのが僕の信念です」

「ユニークかつ真摯《しんし》な表明でした。では続いてデミアン・オーウェンス氏を紹介します」

名を呼ばれて立ち上がったのは、顔の下半分が髭に覆われた、肉付きのいい男性だった。

「オーウェンス氏はモントリオール大学の文学教授です。専門はカナダ文学史。トーマス・チャンドラー・ハリバートンの研究では世界的な権威と言えましょう。同時にオーウェンス教授はモントリオール警察の特別顧問という役職にあり、いくつかの犯罪捜査に協力されています。無差別毒殺犯〝指人形《ギニョール》〟の事件や不倫相手の妻殺しの計画がスタジアム爆破にまで発展した〝行き過ぎた代償〟事件などで卓越した推理を披露されました。オーウェンス教授、お言葉をお願いします」

「丁寧な紹介を感謝します、タッカーさん」

男性――オーウェンスは語りはじめた。

「私が警察の捜査に協力するようになったのは、些細《ささい》な出来事がきっかけでした。教え子のひとりが殺人事件の容疑者となったため、彼の無実を晴らすために捜査に関わったのです。彼の無実を私は心理的直感によって確信しておりましたが、厄介なことに世間的にはそれを客観的論証によって証明しなければなりませんでした。それで私は独自に論証術について学び、実践しました。面白いことにそこで培《つちか》った技術は本来の私の研究課題にも生かされることとなりました。先程も紹介の中にありましたように、私はトーマス・チャンドラー・ハリバートンの文学史上の功績について研究をしております。彼の最初の著書は一八二三年に出版されたカナダはノバスコシアへ州の移民ガイドでしたが――」

「オーウェンス教授、あなたの研究についてはまたの機会に伺いましょう。さて、続いてハリー・ブライアン氏を紹介いたします」

立ち上がったのは草臥《くたび》れたスーツに身を包んだ小柄な男だった。

「ブライアン氏はオーストラリアはメルボルンに事務所を構える私立探偵です。元ボクサーでWBAオセアニアのチャンピオンにまで上りつめた経歴をお持ちです。探偵に転じてからはその豪腕もさることながら、知性と巧みな弁舌で事件に鋭く切り込み、見事に解決してきました。特に五人のホームレスを殺害した犯人を追いつめた〝黒い太陽〟事件や動物愛護団体を隠《かく》れ蓑《みの》にしたテロ組織を壊滅させた〝哀れな猫〟事件で名を馳《は》せました。ではブライアンさん、お言葉を」

「どうも。自己紹介とか俺は苦手なんで、簡単に済まさせてもらうよ」

男――ブライアンは話しはじめた。

「俺はそんなに立派な人間じゃない。いくつもの挫折を味わってきたし、あまり褒められたことじゃない経験もしてきた。だが、だからこそひとつの真理を手にすることができた。それは『常に真実の側に立て』ということだ。特に探偵の仕事には必要なことだと思ってる。まあ、ここにいらっしゃるお歴々には釈迦《しゃか》に説法かもしれないけどな。とにかく、俺は今の探偵という仕事を気に入ってるし、やりがいも感じてる。なんたって悪い奴らを叩きのめして警察に突き出してやるときの快感といったら極上だね。そんなわけで俺はこれからもヤラ川沿いのオフィスで依頼人を待つ生活を続けるつもりだ。願わくばその依頼人が魅力的《みりょくてき》な女性であってほしいがね」

「ご自身の体験を踏まえた個性的なご意見でした。では最後にローラ・モーガン嬢を紹介しましょう。ご覧のようにこの中では最年少の十四歳、ロサンゼルスのミドルスクールの生徒です。しかしその若さにもかかわらず、モーガン嬢の経歴は華やかです。最初の事件関与は十一歳のとき、自宅周辺で起きた窃盗事件の犯人がロス市警の警官であることを見破ったことに始まります。続いて通学しているスクールの校舎内で教師が殺害された〝ミドルスクール密室殺人事件〟で、犯人である同僚教師が作り上げたトリックを見事に解き明かしました。そして道化師《どうけし》に扮装した連続女児誘拐殺人犯〝恐怖のクラウン・ジョージ〟を自らの身を危険に晒《さら》しながら逮捕に導いたことで、その名前は一気に広まりました。ではモーガンさん、ご挨拶をお願いします」

「わたしは……皆さんのような立派な探偵ではありません。今紹介してくださった事件も、たまたまわたしが出会って、巻き込まれて、気が付いたらわたしが解決したことになっていました。だから、そんなに自慢できることじゃなくて、ただ……ごめんなさい。これ以上あんまり言うことないです」

「奥ゆかしい挨拶でしたな。ありがとうございます。さて、このように輝かしい経歴をお持ちの六名の名探偵の皆さんに、わざわざこの赤蟹島にお集まりいただいたのは、日頃の活躍を労《ねぎら》うと共に、貴重な体験談などをお聞かせいただけたらと思ったからです。そんなことくらいでこんな辺鄙《へんぴ》なところまで呼び出すなとお怒りになられるかもしれませんが、そこはそれ、皆さんのパトロンとしての役得だとご寛恕《かんじょ》いただければと思います。その代わりに皆さんには心尽くしの料理と酒と……お酒が駄目な方もいらっしゃいましたな、失礼。そして心ばかりのおもてなしをさせていただきます。明日は島内をご案内して、先程お話ししました赤蟹の大群もご覧いただきましょう」

そのとき、件《くだん》の大時計が大きな音で鐘を六回打った。

「いい頃合いです。この後はそれぞれのお部屋でお寛《くつろ》ぎいただき、それからディナーといたしたく思います。時刻は一時間後の午後七時。このサロンの隣にある食堂にお集まりください。その際に私の家族も紹介いたしますので。それでは、また」

アンドリューが一礼して去ると、探偵たちも席を立つ。

「おもてなし、ねえ」

ハリー・ブライアンが鼻の頭を搔《か》きながら、

「こんな孤島でどんなおもてなしがあるんだか」

と皮肉っぽく言う。

「わたしは嫌いではありませんよ、この島」

応じたのはリンジー・リンチだった。

「こういうところに住むことに憧れていたんです。引退したらわたしも島を買おうかしら」

「それはなかなかと大変ですぞ」

マシュー・マッキンタイアが肩を竦《すく》める。

「こんな離れ小島で生活するための維持管理費は馬鹿にはならんものでしょう。莫大な資金が必要ですな」

「ああいう大金持ちだからこそできる道楽でしょうね」

ピエール・デュプリは薄笑いを浮かべる。

「今どきブルジョアがどうだのと批判したくはないけど、そんな道楽に付き合わされるのも大変だ」

「……しかたないです」

「しかたないってどういうことですかな、ローラさん?」

デミアン・オーウェンスが聞き咎めた。

「わかってるじゃないか」

答えたのは、ハリーだった。

「俺たちは、あのひとには逆らえないんだから」

その一言が、サロンにいる者たち全員の動きを止めた。

思わぬ反応に、ハリーは皮肉っぽく笑う。

「そう。みんな、あいつが恵んでくれる金には逆らえないんだよな」

2

食堂には長大なテーブルが置かれている。探偵たちが座っても、まだいくつか椅子が残っていた。中央に置かれた花籠《はなかご》には朱色の薔薇《ばら》が飾られ、燭台《しょくだい》の蠟燭《ろうそく》が投げかける光に揺らいでいた。

テーブルを照らしている明かりは、それだけではない。天井から壮大なシャンデリアが吊るされている。クリスタルガラスの煌《きらめ》きが白い皿やカトラリーを輝かせた。

探偵たちはテーブルに置かれた席札《せきふだ》どおりに座る。

「この皿はマイセンですか。そしてナイフもフォークも一点の曇りなく磨き上げられた銀器だ。なかなかのものですな」

マシュー・マッキンタイアは席に座るなり感嘆の声を洩《も》らした。

「ふーん、そんなに立派なものなのかね」

ハリー・ブライアンは皿を持ち上げて、しげしげと眺め回す。

「たしかに高そうだな。割ったりしたら怒られそうだ」

「このテーブルクロスはフランス製ですね」

ピエール・デュプリが言う。

「とても立派なジャガード織りです」

デミアン・オーウェンスは壁に掛けられている絵画に引きつけられている。

「これはモンドリアンですね。キュビズムの洗礼を受ける以前の、ごく初期の作品だ」

「どれもこれもわかりやすい高級品ばかり、というわけね」

リンジー・リンチが皮肉気味に言った。

「館の主の性格を、よく表しているみたい」

「その主殿《あるじどの》が、いらっしゃったようだよ」

ハリーの声に、一同は食堂の入り口に眼を向けた。

アンドリュー・タッカーを先頭に六人の男女がやってきた。

「皆さん、お揃いのようですな。ディナーを始める前に、私の家族を紹介いたしましょう。最初に我が妻、エミリアです」

アンドリューが青いドレスを着た婦人の手を取る。

「彼女とはハーバード大学の在学中に知り合いました。ハーバード大学医学大学院に進んで医学を学び、一時期はボストン小児病院に医師として勤務しておりました。私と結婚した後はタッカー財団の運営にも携わり、公私ともに私の良きパートナーとなってくれています」

「皆さん、今日はようこそおいでくださいました」

エミリアが満面の笑みを浮かべる。

「今日はゆっくりと寛いでくださいね」

「次は私の息子、トミーです」

アンドリューが紹介したのは、ダークスーツに身を包んだスタイルのいい男性だった。

「トミーは大学卒業後、私の許で経営術を学びました。今も学んでいる最中です。将来的には……良い経営者になるものと期待しています」

「おべっかならいらないですよ、お父さん」

トミーは冷笑を浮かべる。

「俺に栄光あるタッカー家を委ねるのは今でも心配なんでしょ？　大丈夫、肝心なところはみんな有能な部下に任せて、俺はのほほんと生きていきますから。安心して遺産を残してください」

「そういう言いかたは、よろしくないな」

アンドリューが初めて表情を曇らせた。が、すぐに気を取り直したように笑みを戻して、

「そしてこちらが、トミーの妻のケイトリンです」

紹介されたのは、どこか暗い表情の女性だった。身につけているピンクのドレスも、色合いのわりには垢抜けない雰囲気がある。

「ケイトリンは才人でね、そこに掛けてある絵も彼女が描いたものなのですよ」

アンドリューが指し示したのは、先程オーウェンスがモンドリアン作と言った作品だった。

「これが？　しかし、モンドリアンの署名がありましたが」

当惑気味にオーウェンスが問うと、

「その署名も含めて、妻の才能なんですよ」

トミーが答えた。

「つまり、贋作？」

オーウェンスの質問に、彼は頷く。

「世に出せば本物と認定される可能性は極めて高いというレベルのね。もちろんそんなことはさせません。犯罪ですから」

トミーが揶揄《やゆ》するように言うと、ケイトリンは嫌悪するように夫から顔を背けた。

アンドリューはそんな息子夫婦の様子を気にする素振りもなく、もう一組の男女を紹介した。ふたりともコック服にエプロン姿だ。

「こちらは私の娘レイチェルと夫のクリス・ヘルムスリーです。ふたりでニューヨークのシーフード・レストランを経営しています。クリスはイタリアで修業してきたシェフなんですよ。レイチェルとふたりで力を合わせて立派にレストランを経営しています。今後の努力次第ではミシュランの星を得ることも不可能ではないでしょうな」

「皮肉は止して、パパ」

レイチェルは笑みを崩さずに切り返した。

「星の数が唯一の評価基準じゃないわ。客に愛されることが一番なの。パパみたいに敵ばかり作る人間では無理なのよ」

「そうですよ、お義父《とう》さん。僕たちが目指しているのは、くだらないレビューに左右されることなく顧客に喜びを感じてもらえる真のレストランなんです」

クリスが妻に便乗するように言うと、

「私はそうは思わんね」

アンドリューは冷たく突き放した。

「ビジネスの世界では食うか食われるかの争いこそが己を成長させる。それは外食産業でも変わらないはずだ。おまえたちが私の金に向ける貪欲《どんよく》さを自分自身の仕事にも向けることができれば、親の資産に頼らず経営をしっかりやっていれば、もう少しましな店になるのではないかな。とはいえ、おまえたちの腕前を評価していないわけではないぞ。でなければ、今回のような大事な客のもてなしに使ったりはしない。インド洋の豊富な食材をたっぷりと使ったディナーを期待しているからな」

「……わかりました。精一杯務めますよ」

クリスは鼻白《はなじろ》んだ顔で頷いた。アンドリューは娘婿《むすめむこ》の表情に満足したように、

「さて、これで現在この島にいる十二人全員の紹介が終わりました。今夜は楽しい宴《うたげ》になることを期待しております。探偵諸氏もごゆるりとお寛ぎください」

そしてディナーが始まった。六人の探偵とアンドリュー、エミリア、トミー、ケイトリンの十人が座る席に、クリスとレイチェルが次々に料理を運んでくる。牡蠣《かき》の燻製にココナツの風味をあしらった前菜から始まり、スパイスを効かせたインド風トマトスープ、鮪《まぐろ》

のカルパッチョの後、ロブスター、ムール貝、烏賊《いか》などを大皿に盛ったシーフードプラッターが出てくる。それをクリスとレイチェルが手際よく各人の皿に取り分けた。

「なるほど、これは美味い」

半身に割ってローストしたロブスターを口に入れたピエール・デュプリが唸った。

「食材が新鮮なのね。美味しいわ」

リンジー・リンチがチリソースをかけた烏賊のブレゼを評する。

「味はいいが、こういうコース料理というのがどうも苦手ですな。ちまちまと一品ずつ運ばれてくるのは性に合わない」

デミアン・オーウェンスが言う。すでに彼の皿は空になっていた。

「もう少し余裕を持って食事をされてはどうですかね」

ピエールの指摘にも軽く鼻を鳴らし、

「私の脳細胞は栄養を欲しているのですよ」

と言い返す。

「もしや例の赤蟹とやらも、この中に入っているのですか」

マシュー・マッキンタイアが尋ねると、いえいえ、とクリスが首を振った。

「あの蟹は食用には向かないんです。こちらには美味しい食材だけをご用意しています」

「昔モントレーで食ったシーフードには及ばないが、悪くはないな」

ハリー・ブライアンが一言添える。

「そこなんですよ」

応じたのはトミー・タッカーだった。

「クリスとレイチェルの料理を食べるとね、いつも今まで食べてきた中で一番美味いもののことを思い出すんです。ああ、あれは美味かったなあって。どういうことだかわかります？」

「この料理は最上ではない、ということですかな？」

デミアン・オーウェンスが言うと、トミーは大きく頷く。

「そうです。あっちのほうが美味かったと思わせてしまう。しかしこれってある意味、貴重なことですよね。美味い店の美味さを再確認させてくれるんだから。クリスたちの店はそのために存在していると言ってもいい。ほら、プロレスでスターレスラーを引き立てるために負け役を請け負うレスラーがいるでしょ。あれ、なんて言ったっけ？」

「jobber《ジョバー》」

「おや、ローラさんはプロレスに詳しいのですか。それぞれ、ジョバーです。彼らは理想的な負け役なんですよ」

「あなた、それはいくらなんでも……」

ケイトリンが窘《たしな》めようとしたが、夫の視線に言葉を詰まらせる。

「いいのよ、ケイティ」

レイチェルが給仕の手を止めて、言った。

「トミーは子供の頃からわたしがやることなすことにケチをつけてきたの。わたしがトップの成績を取ったら『クラスのレベルが低すぎる』って腐したし、ＭＢＡを取ったときには『あんなもの誰でも取れる』って嘯《うそぶ》いたの。実際彼はトップになったこともないし、いまだにＭＢＡどころか自動車免許以外の資格は持ってないのにね。あげくにわたしが初めてクリスを紹介したとき、彼、なんて言ったと思う？　『コックをタッカー家の一員に迎え入れるなんて、賛成できない』だって。誰もあなたに認めてもらう必要なんか全然ないのよって言い返してやったけど」

「レイチェル、その話はもういいよ」

クリスが止めた。そして義兄に向かって、

「トミー、たしかに僕の腕前はまだまだかもしれません。これからも研鑽《けんさん》を積んで、より良いものを客に提供できるよう努力しますよ」

と、感情を抑えた口調で言った。

「当然だな。でなければ君たちに投資した意味がない」

「わたしたちに投資したのはお父様よ。あなたじゃないわ。訂正して」

レイチェルが訴えたが、トミーはそれを鼻で笑い、

「さっきの話を聞いてなかったのかい？　タッカー家の財産はいずれ俺のものになる。おまえたちの店も俺のものだ」

「いずれは、でしょ？　でもその前にわたしたちは、兄さんの手の届かない人間になって

いるわ。逆にタッカー家の資産を買い取る立場になっているかもよ」

「そいつは面白い。一介のレストラン経営者が世界の物流《ロジスティクス》を制する大企業を呑み込むつもりかい。レイチェル、君はもっと物流ではなく道理《ロジック》を学ばなければならないな」

そう言ってからトミーは声をあげて笑った。

「わかるかい？　ロジスティクスとロジック。我ながら感心するジョークだ」

「笑っているのはあなただけよ」

言葉を投げると、レイチェルは食堂から出ていった。

「なんとも仲のいい兄妹だね」

ハリー・ブライアンが皮肉を籠《こ》めて言う。

「あの子たち、子供の頃からそうだったんですのよ」

エミリア・タッカーが応じた。

「お互いに憎まれ口を叩き合って。でも本気の喧嘩なんてしたことがないんです。お互いに信頼し合ってますもの」

「そのとおりですよ、お母さん」

やっと笑いを収めたトミーが言った。

「俺とレイチェルは強い信頼関係で結びついている。金やら利害やら感情やらといった夾《きょう》雑物《ざつぶつ》はありますけどね。それを言ったらおかあさんにだって」

「あら、わたしとあなたの間に、そんなものがあるかしら？」

「ありますとも。あの名前を一言、口にすればわかるでしょう。一言、エグゼビアと」

その名を聞いた瞬間、それまで穏やかだったエミリアの表情が一変した。

「ね」

トミーはまた大笑いする。

「笑い事にしていいことではないぞ」

アンドリューが窘めると、

「いや、すみません、お父さん」

まだ笑みを残したまま、息子は謝罪の言葉を口にする。

「俺だって彼のことでは傷ついてきたんです。やっと冗談のネタにできるくらいにはなりましたけどね」

「そのエグゼビアというのは？」

マシュー・マッキンタイアが尋ねると、

「何でもありません。内輪の話ですよ」

それ以上の追及を拒むようにアンドリューが言った。

しばらくしてクリスとレイチェルが次の料理を持ってきた。

「メインディッシュはアンガス牛シャトーブリアンのステーキです。ソースではなく、添えてあるヒマラヤ岩塩を付けてお召し上がりください」

こんがりと焼かれた分厚い肉の皿が、全員の前に置かれる。

「これは、なかなかの逸品のようね」

リンジー・リンチが言い、それからナイフで切り分けた肉を口へと運ぶ。

「……素晴らしい。このレベルの肉はニューヨークでもなかなか口にできないわ」

「焼き加減も上々ですな」

デミアン・オーウェンスも頬《ほお》をほころばせる。

「調理が食材に負けていない。まことによろしい」

「ありがとうございます」

レイチェルは一礼すると、

「こちらのフォカッチャもお召し上がりください。ステーキのお口直しにもよろしいかと思います」

「焼きたてですな。小麦の良い香りがする」

ピエール・デュプリがフォカッチャを一口分ちぎって口に入れた。

「……なるほど。風味が素晴らしい。たしかにあなたがたのお店が星を得るのは、そう遠くはないようですね」

「ありがとうございます」

クリスが笑みを返した。

「シーフード・レストランなのに肉やパンの評判のほうがいいようだね」

トミーがまたもや憎まれ口を叩く。するとレイチェルが、

「どの料理にも手抜きをしてないってこと。もちろん、あなたに対してもね」

と言って、兄の前に皿を置く。

「これは何だ？」

トミーの声音《こわね》が、そのとき初めて変わった。

「兄さんへの特別奉仕よ」

その皿に載せられていたのはフォカッチャではなく、トーストもしていない食パンとバターだった。

「あなたには、これがうってつけでしょ」

トミーの表情が一瞬だけ強張《こわば》る。しかしすぐに笑みを戻して、

「君らしい子供じみた嫌がらせだな。悪いがこの手の悪ふざけは慣れっこなんだ。なにせこの名前なんでね。だから、こういうときはどうすればいいのかも知ってる」

トミーはパンとバターを皿ごと背後に放り捨てた。

皿は割れこそしなかったが、少しばかり派手な音を立てて床に転がった。

トミーは立ち上がる。

「皆さん、お先に失礼しますよ。どうも俺は、家族とか探偵とかといった人種には我慢がならないようでね。自分の部屋でマッカランを飲みます」

そう言うと、さっさと食堂を出ていった。

「どっちが子供じみてるんだか」

皿とパンを片付けながら、レイチェルは言う。

「ごめんなさい」

「あなたが謝る必要はないのよ、ケイトリン。わたしが彼を怒らせたんだから。もちろん、わたしも謝らない」

「興味深い。なかなか興味深いですな」

デミアン・オーウェンスが手にしたナイフをタクトのように振りながら、

「どうやらタッカー家の方々は、互いに確執を抱えていらっしゃるようだ」

「それは誤解ですわよ、オーウェンス教授」

すかさずエミリアが口を挟んだ。

「たしかにまったく問題がないとは申せませんけど、わたしたちは仲良くやっておりますのよ。だって家族なんですもの」

「家族。それが一番の問題です」

マシュー・マッキンタイアが言った。

「この世界に起きるトラブルの大部分は、家族間で生じておりますからな。私が関与したマシュー家での殺人事件も、結局のところ家族間の感情のもつれが動機の根底にありました。まさに愛と憎悪は表と裏。容易に反転するものです」

「マッキンタイアさんの意見に同意します」

リンジー・リンチが言う。

「同族主義《トライバリズム》は人間を団結させるのに有効ですが、同時に排他的にもなります。わたしも同族経営の企業に起きたトラブルに関わったことがありますが、他人の寄せ集めである企業とは違った困難さがありました」

「どこの国の統計だったか忘れたけど、殺人事件の半数が夫婦や親子、家族の間で起きているそうですね」

フォカッチャを頬張りながらピエール・デュプリが言う。

「フランスでも多いなあ。僕が関わったモン・サン＝ミシェルの殺人事件も親子の確執が原因だった。あれは凄惨《せいさん》な事件だったなあ」

「家族間で起きた凄惨な事件といったら、俺の出番だな」

ハリー・ブライアンがワイングラスを傾けながら言った。

「ポート・アーサーのグラハム家で起きた一家惨殺事件だ。四歳の女の子を含む六人家族全員が射殺された。ポート・アーサーでは一九九六年に男がアサルトライフルで三十五人を殺害した事件があったが、人数こそ少ないもののグラハム家の事件も同じくらい衝撃的だったよ。俺が最終的に見つけ出した犯人が、家族の中で唯一生き残った八歳の女児だったからな。思い出すだけでいまだに憂鬱《ゆううつ》な気分になるよ」

「悲惨な事件といえば、モーガン嬢が解決した黒百合殺人事件もそうでしたな？」

デミアン・オーウェンスが声をかけてきた。

「たしか被害者のアマンダ・バティスタ嬢は、あなたの同級生だったはずだが」

「友達だった。彼女を殺したのは実の兄。独占欲の強い彼は、妹がボーイフレンドと仲がよかったというそれだけの理由で首を切ったの」

「なかなかと趣深い体験談の数々ですな」

アンドリューが締めくくるように言った。

「私が皆さんをお招きしてお聞きしたかったのは、まさにそういう話なのですよ」

デザートのカシスシャーベットとザッハトルテ、ピスタチオのマカロンがデミタスコーヒーと共にテーブルに置かれる。これでディナーは終了となった。

「いや、素晴らしい晩餐でしたよ。シェフの腕前は最高です」

マシュー・マッキンタイアが賛辞を呈すと、クリスは恭《うやうや》しく一礼した。

「ありがとうございます。僕も名だたる名探偵の皆さんに召しあがっていただけたことを光栄に思います」

「さて、食後はサロンに移って話の続きといきましょうか。まだまだ伺いたい武勇伝はいくつもありますしね。とっておきの酒をお出ししましょう。もちろん未成年のモーガン嬢には別のものを用意しておりますよ」

アンドリューの提案に、探偵たちは同意した。同意せざるを得なかった。

3

アンドリュー・タッカーと名探偵たちの歓談は午前零時を過ぎる頃まで続いた。最年長のアンドリューが一番元気で、よく喋った。探偵たちは彼に勧められるまま酒を飲み、彼の言葉に頷《うなず》き、笑い、そして自身の経験談を語った。アルコールの煙草《たばこ》の匂いは絶え間なく流れる言葉たちと相まって、サロンの空気をひどく淀ませた。

「さて、そろそろお開きにしましょうかな。楽しい話はまた明日ということで」

何杯目かのレミーマルタンを飲み干してアンドリューがそう言ったとき、探偵たちの顔には安堵《あんど》の色が浮んだ。

「残念ですが、いたしかたありませんな」

感情を押し隠すようにしてデミアン・オーウェンスが言う。

「私も寄る年波《としなみ》で夜明かしができなくなりました。明日に向けて英気を養わねばなりませんし、ここで失礼いたしましょう」

立ち上がってサロンを出ていく。他の探偵たちもそれに続いて辞去《じきょ》していった。

最後に残ったのは、アンドリューだった。

翌朝八時、食堂に一番乗りしていたのはデミアン・オーウェンスだった。リンジー・リンチが到着したときにはテーブルに出されていたパンをもう食べはじめていた。

「おはようございます。朝食もお早いんですね」

リンジーが皮肉まじりに挨拶すると、

「食の楽しみなくして人生に意味はありませんからな」

デミアンはいささか不器用なウインクを送ってパンにかぶりつく。

「このデニッシュも絶品ですよ。一流ホテルの朝食に出てもおかしくない」

「それはよかったですね」

リンジーがおざなりな相槌《あいづち》を打っているとローラ・モーガンがやってきた。

「おはようございます」

「おはよう、ローラ。オーウェンス教授は別として、他の男性陣は遅いわね。支度《したく》に手間取らないはずの男性陣のほうが遅れるなんて。こういうところに普段の生活態度が出るようね」

彼女は微笑《ほほえ》みながら辛辣《しんらつ》な言葉を口にした。

レイチェルがテーブルの用意をしていると、しばらくしてピエール・デュプリを先頭に探偵たちが揃ってやってきた。

「寝心地のいいベッドでしたよ。まるで雲の上で寝ているみたいだった」

ピエール・デュプリが言うと、

「左様。ベッドはよろしかった。しかしながら波の音がかなり騒がしかったですな」

デミアン・オーウェンスが三切れ目のパンを口に運びながら愚痴《ぐち》をこぼす。

「おかげで熟睡できなかった」

「私は逆に波の音がいいBGMになりましたよ」

マシュー・マッキンタイアが応じる。

「なにせ生まれがブライトンなので波の音は子守歌みたいなものです」

「俺はベッドも波音も気にならなかったが、夜中に腹が減って眠れなかったよ」

ハリー・ブライアンが言った。

「ヘルムスリー夫妻を叩き起こして夜食を頼もうかと思ったくらいだ。なんだ教授、もう食ってるのか。俺にも早いとこ朝飯を食わせてくれ」

「すぐにご用意しますよ」

クリスが銀のワゴンを押しながらやってきた。

並べられたのはフルーツジュース、ジャムを添えたデニッシュとクロワッサン、オマールエビのオムレツ、サーモンと生ハムのカルパッチョといったもので、それにコーヒーか紅茶が添えられた。

「朝から贅沢《ぜいたく》だな。しかし昨日のディナーでも思ったんだが、質は良くても量がねえ」

「パンと飲み物はいくらでも追加できますよ」

クリスの言葉にハリーはにやりとして、

「そうこなくちゃな。デニッシュを余分にもらおうか。お嬢ちゃんもどうだね。食べ盛りならうんと食わないと」

「太るから、いい」

「やれやれ、女性はいつもダイエット最優先だな。別に多少ふくよかでも、むしろ男の受けはいいと思うんだがね」

「女は男のために体型を気にしてるわけじゃないのよ」

リンジー・リンチがぴしゃりと言った。

「女が自分を男目線で評価してるっていう幻想、そろそろ捨てたほうがいいわね」

「はいはい。わかりましたよ」

おざなりな返事をすると、ハリーは男性陣に向けて意味ありげに肩を竦めて見せる。しかし彼の同意要求に応じた者はいなかった。

「皆さん、おはよう」

アンドリュー・タッカーとエミリア夫妻が食堂にやってきた。探偵たちが挨拶を返すと、彼は妻を先に座らせ、自分はテーブルを睥睨《へいげい》するように見渡す。

「ゆっくり休まれましたかな。今朝も良い天気です。食事が終わりましたら島の案内をいたしましょう。どうやら赤蟹は産卵のために移動を始めているようです。大群を見ることができそうですよ」

「わざわざ見に行く必要もないのでは？」

マシュー・マッキンタイアが言う。

「蟹に興味ありませんかな？」

「そういう意味ではありません。こちらから出かけなくとも、先方でやってきているということですよ」

そう言って彼が指差した先を見て、リンジーが悲鳴をあげた。

「何なのあれ？」

食堂の床を移動する生き物がいた。

「ローラさんは蟹を怖がっていないようだね？」

「甲殻類は食べるのも見るのも好き」

褐色《かっしょく》の体に大きな赤い爪。立ち止まり、威嚇《いかく》するようにその爪を振り上げた。

「どこから入ってきたの？」

リンジーは怖じ気を震っている。

「この時期はどこからでも入ってきますわよ」

答えたのはエミリアだった。

「ときどき二階の寝室にも来ます」

「二階にも？　やだ。そんなの、耐えられないわ」

「この島にいる間は耐えなければならないようですな」

デミアン・オーウェンスが可笑しそうに言う。

「我々が彼らの生活圏に押しかけておるのですから、いたしかたないでしょう」

「こいつ、本当に食えないのかい？」

ハリーがクリスに尋ねると、

「食べられないこともないですが、それほど美味いものでもないですよ」

「もったいないな。こんなのがうじゃうじゃいて、その上に美味けりゃ食材には困らないだろうに」

「遅くなりました」

ケイトリンが食堂にやってきた。

「少し寝坊してしまって……トミーは？」

「まだ来ておらんよ」

アンドリューが言うと、

「そうですか。いつも早起きなのに……」

不審そうにケイトリンが呟《つぶや》く。

「一緒に休んでおられたのではないのですか」

オーウェンス教授が尋ねると、彼女は気後れしたように、

「部屋は、別々なんです。彼は、ひとりで寝たいって」

「それはこの別荘だからですか。それともご自宅でも？」

「……はい」

「ノンノン。よろしくないですね」

ピエール・デュプリが言う。

「愛し合っている男女が別の部屋で眠るのは、よくないです」

「てことは、ヘルムスリー夫妻は愛し合っていないってことだ」

ハリー・ブライアンが笑う。

「まあ、あんな旦那では愛想も尽かされるだろうけどな」

「わたしは……」

ケイトリンは口籠《くちご》もった。

「夫婦間のプライベートに立ち入るのはどうでしょうかね」

マシュー・マッキンタイアが窘める。ハリーとピエールは顔を見合わせ、苦笑した。

「俺たちは無粋らしいな」

「そのようですね。反省します。ところでトミー氏は私たちと同じ二階でお休みなのですね？」

「そうです。南側の一番奥がトミーの部屋で、その隣がわたしです」

「昨夜、トミー氏は夕食の席を立って自室に向かいましたよね。その後は顔を合わせていないのですか」

「はい」

「彼は朝は苦手ではないのですね？」

「はい。いつも朝六時には眼を覚まして軽く運動をしてから朝食というのを日課にしています」

「ということは、すでに起床してランニングでもしているのでは？　あるいは……」

ピエール・デュプリは言葉を切り、意味ありげな視線を周囲に向ける。

「ひとつ提案があります」

マシュー・マッキンタイアが言った。

「ここで四の五の言っていてもしかたない。確認してみてはいかがでしょうか」

「わたしが見てきます」

レイチェルが行こうとするのを、

「待った。ここはみんなで行ったほうがいいんじゃないかね」

ハリー・ブライアンが留めた。

「賛成。確認しましょうか」

リンジー・リンチが立ち上がると、他の探偵たちも一緒になって二階に上がった。

アバーナシー・ホール二階は東側に大きな部屋があり、西には個室が三列になって並んでいる。ケイトリンが言ったとおり、トミー・タッカーの部屋は南側の西端にあった。

クリス・ヘルムスリーがその部屋のドアをノックした。

「トミー、起きてますか。トミー？」

返事はなかった。クリスはドアノブに手を掛ける。

「……鍵が掛かってますね。施錠してどこかに出かけたのか、あるいは部屋にいるのか」

ちょっと、とケイトリンがクリスを押しやってドアを叩いた。

「トミー？　あなた？　いるの？　まだ寝てるの？　返事をして」

それでも応答はない。

「しかたない。ドアを蹴破《けやぶ》るか」

ハリー・ブライアンが身構える。

「いや、実力行使は最後の手段です」

デミアン・オーウェンスが押しとどめた。そしてアンドリュー・タッカーに尋ねる。

「この部屋の鍵はどなたが持っておられますかな？」

「ふたつあるのですが、ひとつはトミーが、もうひとつはキーボックスに保管してあります」

「では、その保管している鍵を持ってきていただけますか。ドアを開けましょう」

「それには及びませんよ。私ならドアを開けられます」

アンドリューはベストのポケットから鍵を取り出した。

「これはマスターキーです。これで屋敷のすべての部屋の鍵が開けられます」

そう言って鍵を鍵穴に差し入れ、回した。しかしドアノブを回した彼は、眉を顰《ひそ》める。

「……どういうことだ？　ドアが開かない」

「内側から閂《かんぬき》を掛けているのかもしれません」

ケイトリンが言った。

「だとしたら、やっぱりここからは力仕事だな」

ハリー・ブライアンはそう言うと、いきなりドアに肩からぶつかっていった。

数回の打撃で鈍い音と共にドアが開く。その向こうにある光景が、眼に入った。

「これはこれは」

マシュー・マッキンタイアが感嘆するように呟く。

「なんとも古典的な光景だ」

部屋の中央にあるキングサイズのベッドに、トミー・タッカーは俯《うつぶ》せに横たわっていた。

彼の背中から流れ出た血が、その衣服を赤黒く染めていた。

4

「なんて……なんてこと……」

エミリア・タッカーが息子に縋《すが》りついた。

「トミー！　トミー！　しっかりして！　眼を開けてちょうだい！」

「エミリア、落ち着くんだ」

アンドリュー・タッカーが妻の背に手を当てる。

「君は医者だ。するべきことがあるだろう？」

夫の言葉にエミリアは顔を上げ、それから小さく頷くと、動かないトミーの体を調べはじめた。

「……駄目。死んでるわ」

彼女は首を振った。

「なんてことなの。わたしの息子は死んでしまった。誰がこんな酷いことをしたの……？」

嗚咽《おえつ》を洩らすエミリアに、デミアン・オーウェンスが声をかける。

「まことにお気の毒なことです、マダム。ご子息が亡くなっているというのは、間違いのないことですか」

「はい。息子は、トミーは亡くなりました」

「そうですか。となると、我々がすべきことはひとつですな」

「そのようです」

マシュー・マッキンタイアは頷く。

「これは我々に対する挑戦とも受け取れます」

「探偵がこんなにも揃っているところで殺人を決行するなんてね」

リンジー・リンチが小さく首を振る。

「なんて大胆な犯人なのかしら」

「それだけ自信があるのか」

ピエール・デュプリが眉間に皺《しわ》を寄せる。

「あるいは、何も考えていない愚か者なのか」

「調べりゃわかるさ」

ハリー・ブライアンは鼻で笑う。

「俺の勘じゃ、そう難しい事件じゃないな。これならティーンエイジャーでも解けそうだ」

「わたしのことを皮肉ってるの？」

「そうじゃない。そう怖い顔をしなさんな、お嬢ちゃん」

ハリーはおざなりな言い訳をする。

「皆さん、これは由々しき事態です」

アンドリュー・タッカーが言った。

「私の息子、トミー・タッカーは何者かによって謀殺《ぼうさつ》されました。私は彼の父親として、そしてこのアバーナシー・ホールの主として、このような暴挙を許すことはできません。どうか皆さんの力で憎き犯人を見つけ出してください」

「よろしい。お引き受けいたしましょう」

マシュー・マッキンタイアが代表して答えてから、他の探偵たちに、

「もちろん、異存はありませんな？」

と尋ねる。一同は頷いた。

「よろしい。では情報収集にかかりましょう。まず被害者のトミー・タッカー氏についてですが、死因となったのは背中の傷と考えてよろしいかな？」

「はい、間違いありません」

エミリアが応じた。

「背中から心臓に向けてナイフのようなもので一突きされているように見えます。他に傷はありません」

「死亡推定時刻はわかりますか」

「遺体の状況から見て、十時間から十二時間くらい前でしょう」

「今が午前九時ですから、殺害されたのは昨夜九時から十一時の間、ということですか。その頃のアリバイとなると――」

「アリバイより先に現場の状況を確認すべきでしょう」

デミアン・オーウェンスが提言した。

「ここは手分けして調べてみようではありませんか」

彼の提案に従って、探偵たちは現場の調査を始める。

「遺体には争った形跡がない。背後から急に襲われたものと考えられるね」

「トミー氏がベッドに向かって立っていたときに襲われたのだろう。となると犯人は窓を背に立っていたことになる」

「窓には内側から鍵が掛かってるな」

「ドアの鍵は開いているけど、これはアンドリューさんが解錠したから当然。ハリーさんが壊した閂はわたしたちの部屋にあるのと同じ小さな金具を滑らせて掛けるもの」

「部屋の鍵はベッド脇のサイドテーブルに置いてあったわ。タッカーさん、この部屋の鍵はふたつあると仰っていましたね。ひとつはこの鍵。もうひとつが保管されているキーボックスはどこにあるのですか」

「書斎の金庫に保管しています」

「鍵は本当にこのふたつだけですか」

「はい」

「もうひとつ、ある。アンドリューさんが持っている」

「ああ、モーガン嬢が仰るとおりですね。私のマスターキーを合わせれば三つあるわけです」

「鍵のことを調べるのは後にして、今は現場の調査を優先しましょうよ。なかなか面白いものを見つけましたよ」

遺体が横たわるベッドを調べていたピエール・デュプリが枕元を指差す。

「誰か、手袋を持ってませんか」

「探偵ならそれくらい常備しておけよ」

そう言いながらハリー・ブライアンがポケットから白い手袋を取り出してピエールに投げた。

「意外です。あなたは指紋とか気にしないで現場を探るタイプかと思ってました」

「見かけで判断するなよ。俺だって探偵仕事の基本は習得してるぜ」

「それは失礼」

そう言いながらピエールはベッドに置かれた枕の下から一枚の紙を抜き出した。

「便箋《びんせん》のようですね。何か書いてある。読み上げてみましょう」

そこにいる全員の視線が彼と彼が手にしている便箋に注がれた。ピエールは軽く咳払いをして、読み上げた。

「Little Tommy Tucker　Sings for his supper.

What shall we give him?　White bread and butter.

How shall I cut him　Without a knife?

How will he be married　Without a wife?」

「それ、聞いたことがある。何だったかしら？」

リンジー・リンチが記憶を蘇らせようとするように宙を見上げる。

「聞いたことがあるも何も」

と、デミアン・オーウェンスは小さく首を振って、

「今の若い方は子供の頃に歌わなかったのでしょうかね、この歌を」

そう言うと、不意に朗々とした声で歌いはじめた。

「小さなトミー・タッカー　ごはんが欲しいと歌ってる
何を食べさせよう？　バタつきパンがいい
何で切り分ける？　ナイフもないのに
どうやって結婚するの？　女房もいないのに」

「ああ、そうか。マザーグースですな」

マシュー・マッキンタイアが言った。

「俺も餓鬼《がき》の頃に聞いたことがあるな。『小さなトミー・タッカーの歌』だっけ？」

ハリー・ブライアンが言うと、

「そんなに有名な歌だったんですか」

ピエール・デュプリは意外そうに、

「本当に歌詞の中に『トミー・タッカー』という名前が出てくるんですか」

「そうだ。まるで被害者のためにあつらえたような歌だな。というか、もしかしてこの歌

から彼の名前は付けられたのかな？」

「そうではありません」

答えたのはエミリア・タッカーだった。

「わたしたちが彼の名前を考えたとき、その歌のことは念頭にありませんでした。もし覚えていたらそんな名前にはしませんでしたわ。子供の頃、彼はこの名前のせいで友達にからかわれたと言ってましたし」

「では、トミー・タッカー氏が歌に登場する人物と同姓同名なのは偶然ということですな」

マシュー・マッキンタイアは頷きながら、

「しかしながら、ここにマザーグースの歌詞を記した便箋が置かれていることは、偶然ではないようだ。デュプリさん、その便箋を私にも見せてください」

マシューはピエールの持つ便箋をじっくりと検分する。

「やはりそうか。ここに記されている歌詞には改変された箇所がある。歌では『How shall he cut it』なのに、ここには『How shall I cut him』と書いてある」

「『彼はどうやって切るの』ではなく『私はどうやって切るの』ということか。つまり……」

ハリー・ブライアンの呟きを、リンジー・リンチが引き取る。

「つまり、これはトミー・タッカーを切り裂いた者の言葉ね」

「ナイフもないのに、どうやって私は彼を切り裂いたのか……」

「二番煎じか」

デミアン・オーウェンスが呟く。

「あのくだらないミステリと同じ趣向とはね……あ、いや」

彼は言葉をあらためて、

「たしかにこの現場には、凶器であろうナイフはありませんな。犯人が持ち去ったと見るべきでしょう。しかしなぜ、そんなことをしたのか」

「凶器が犯人を特定する証拠となるものだったか。あるいは……」

ピエール・デュプリの推論を、マシュー・マッキンタイアが引き継ぐ。

「あるいは、歌詞に合わせたか」

「『Without a knife?』って歌詞にかい？」

「そうです。犯人はマザーグースの歌に準《なぞら》えた見立て殺人を目指したのでしょう」

「狂ってるわね」

リンジー・リンチが吐き捨てるように言う。

「こんなの、狂ってる」

「我々はそんな狂った殺人犯と何度も遭遇してきたじゃないか。むしろ、そいつらが事件を起こしてくれたおかげで、俺たちは心躍るような探偵仕事をさせてもらえるんじゃないかな」

ハリー・ブライアンの言葉に、リンジーは鋭い視線を返した。

「そういう言いかた、あまり好きではないわね」

「しかし事実だろ？　正直になろうよ。俺たちみんな、こういうのが大好物だ。密室内の他殺死体、複雑な愛憎関係、そしてマザーグース。これ以上のもてなしがあるかな？」

ハリーのあからさまな指摘に、探偵たちは無言だった。

「皆さん、遠慮は無用です」

アンドリュー・タッカーが言う。

「あなたがたは、こういうときにこそ才能を発揮されるべきなのですよ。どうか皆さんの力で犯人を見つけてください」

「ということだ。タッカーさんのお墨付きをいただいたんだから、存分にやりましょうや」

ハリーが満足げに微笑む。

「左様、遠慮は無用でしょう」

デミアン・オーウェンスは頷くと、部屋のドア周辺を調べはじめた。

「鍵穴や周辺に細工を施したような痕跡はないようだ。このドアは鍵以外の方法で開閉されてはいないな」

「窓の施錠も同じですな。細工はされていない」

窓枠を調べていたマシュー・マッキンタイアが応じる。

「この寝室に出入りするには、廊下に面したドアと窓以外には、あそこだけね」

リンジー・リンチは東側の壁にある小さなドアに近付いた。

「この向こうはケイトリンさん、あなたの部屋？」

「そうです。でもそのドアは今まで一度も開け閉めしたことがありません。閉まったままなんです」

ケイトリンの返事を聞きながら、リンジーは確認のためドアノブを回してみた。

「たしかに施錠されてるわね。このドアの鍵は？」

「ないんですよ」

アンドリューが答えた。

「私がこの屋敷を譲り受けたとき、このドアの鍵は失われていました。なのでケイトリンが言ったとおり、今まで一度も開けたことがないんです。私が持っているマスターキーでも開けられません」

「確認してもいいですか」

「よろしいですとも」

アンドリューから鍵を譲り受け、リンジーはそれを鍵穴に差し込んでみた。が、鍵のほうが大きすぎて穴に入らなかった。

「なるほど。これでは無理ね」

「ではスペアキーの所在を確認しましょうか」

ピエール・デュプリの提案で、六人の探偵はアンドリューと共に書斎へと向かった。

「おお、これは！」

探偵たちが室内に入って真っ先に飛びついたのは、壁面を覆う書棚だった。

「ドイル、ルブラン、ガボリオ、ボアゴベイ、コリンズ、フィルポッツ、ビガーズ……名だたる欧米のミステリ作家の著作が並んでいるぞ」

マシュー・マッキンタイアが歓喜の声をあげる。

「こっちにはハメット、チャンドラー、ロス・マクドナルド、スピレーン、チェイスとハードボイルド系の作家の本が揃ってるわね」

リンジー・リンチも眼を輝かせる。

「比較的入手しやすいものが多いようだが、こちらには貴重な本は置いていないのですかな？」

デミアン・オーウェンスが尋ねると、アンドリュー・タッカーは額を掻きながら、

「まあ、そうですね」

と答える。

「そんなことより、こちらが問題の金庫です」

彼が指し示したのは書架の中に埋め込まれている高さ一メートルほどの金属製の扉だった。ダイヤルなどはなく、アンドリューが小さな鍵を使って扉を開けた。

「金庫の鍵は、私が持っているこのひとつしかありません」

金庫の中には封筒と、数本の鍵を束ねたキーチェーンが収められている。

「これがトミーの部屋の鍵です。間違いなく、ここにあります」

探偵たちに鍵を示すと、そのまま金庫に戻そうとする。

「ああ、待ってください。それが本当にあの部屋の鍵なのかどうか確かめるべきだと思います」

ピエール・デュプリが言う。

「そうね、もしかしたら偽物と掏《す》り替えられているかもしれないし」

リンジー・リンチも同意した。

「わかりました。確認しましょう」

アンドリューはキーチェーンを取り出し、金庫を閉めた。全員でまたトミーの部屋に向い、ドアの鍵穴に鍵を差し込んでみた。ドアは施錠解錠ともに問題なくできた。

「間違いなく、これがこのドアのスペアキーだな。他にはもう鍵はないんだね？」

「誓って、存在しません」

ハリー・ブライアンの質問に、アンドリューははっきりと答えた。

「なるほど。わかった」

ハリーは満足げに頷く。

「わかったとは、もう犯人がわかったのですか」

今度はアンドリューが尋ねる。

「ああ、そうだよ。俺には誰が犯人かわかってる」

「それは一体――」

「ちょっと待って」

リンジー・リンチがふたりのやりとりを止めた。

「推理の披露なら然るべき場所で、みんなの推理がまとまってからやりましょう」

「おや、あんたはまだわからんのかね？」

揶揄するようにハリーが問いかける。

「情報が足りないのだよ」

応じたのはデミアン・オーウェンスだった。

「正確な推理には正確なデータを、だ。先走って出鱈目《でたらめ》な推論を述べたところで意味はないよ」

「俺の推理が出鱈目だと？　まだ聞いてもいないのに」

「だから、そういうのはもう少し後でしましょうよ」

ピエール・デュプリが取りなすように言った。

「まだ僕たちは関係者の証言を全部訊《き》いてないんだから。それからでも遅くないでしょ？」

「……わかったよ」

ピエールの言葉に、ハリーは渋々同意した。

「では皆さん、一度サロンに集まりましょう。アンドリューさん、ご家族の皆さんからお話を伺いたいのですが、よろしいですかな？」

「もちろんです」

デミアン・オーウェンスの要望をアンドリューは躊躇《ちゅうちょ》なく承諾した。

5

サロンに屋敷内にいる全員が集められ聴聞の場が設《しつら》えられた。

探偵たちが座る六つの椅子と、タッカー一族の五つの椅子が対面するように置かれた。

「では、まず私から」

全員が見つめる前で、アンドリューが立ち上がり、話しはじめた。

「こういうときはまず、自分が何をしていたかお話しすればいいのでしょうな。昨夜皆さんとの歓談を終えたのは、午前零時過ぎでした。正確には皆さんを全員このサロンで見送ったのが零時十五分。その後グラスなどを片づけて自室に戻ったのは零時半過ぎのことでした」

「あなた自身が片づけをされたのですか」

マシュー・マッキンタイアの質問に、

「当然です。これでも私、手まめなほうでしてね。といっても食器洗いまではしませんが。とにかく部屋に戻ったのは先程言いました零時半過ぎ。そのときにはもうエミリアは寝室のほうで休んでおりました。私はシャワーを浴び着替えをしてベッドに入ったのは一時四十分頃だったと思います」

「シャワーは共同のですね？」

「もちろん、それしかありませんから」

「我々も同じシャワーを使わせてもらいました。順番を決めてね。そして済ませた者が次のひとへ知らせるという取り決めにしたのですが、たしか最初になったのは……」

「わたしです」

リンジー・リンチが手を挙げた。

「最初にシャワー室に入ったのは零時四十分頃でした。そのときには使用中だったので、タッカー家のどなたかが入っているのだと思って出直しましたけど」

「私が使っていたのですね。失礼しました」

アンドリューが言った。

「いえ。もう一度シャワー室へ行ったのが十分後でしたか。空いていたので使わせてもらい、次のローラさんにバトンタッチしました」

「わたしの次はデュプリさんだった」

「そうだね。そして僕の次がオーウェンス教授で、その次がブライアンさん、そしてマッキンタイアさんという順番でしたね」

「そのとおりです」

マシュー・マッキンタイアが頷く。

「私がシャワーを終えたのは午前二時半過ぎでしたよ。それから就寝しましたから、いささか寝不足気味ですね。あ、いや失礼」

遅くまで付き合わせたアンドリューへの皮肉に聞こえたかもと懸念したのか、マシューは館の主に一礼した。しかしアンドリューは気にする様子もなく、

「私はその時刻にはもうとっくに眠っておりましたよ。寝付きはいいものでね」

と言った。

「ご子息のトミー氏には、彼が食堂を出た後でお会いにはなりませんでしたか」

デミアンが尋ねると、アンドリューは首を横に振った。

「いいえ。あれきり会っておりません。まさかあのときが今生の別れになるとは夢にも思いませんでした」

「あらためてお悔やみを申し上げます。それはそれとして、お休みになられてからお目覚めになるまでの間に、何か変わったことはありませんでしたか」

「先程も言いましたが私は寝付きがよくて、一度眠ったら目覚ましが鳴るまで起きないのですよ。なので朝七時にベルの音で目覚めるまで一切記憶がありませんね。皆さんはいかがですか。何か異変を感じた方はいらっしゃいませんか」

「まずはケイトリンさんにお話を聞きたいですね」

ピエール・デュプリが言う。

「なにせ隣室にいらしたんですしね」

「わたしは……何も存じません」

ケイトリン・タッカーは震えるように首を振った。

「ご存じのように夫は先に食堂を出ました。あれがたしか……」

「八時十五分過ぎです」

マシュー・マッキンタイアが補足する。

「ありがとうございます。わたしが自室に戻ったのは九時十分くらいだったと思います。すぐに着替えてシャワーを浴びて、十一時半くらいまで本を読んでおりました。それから就寝いたしました」

「その間、ご主人のトミー氏とは会わなかったのですか」

ピエールの問いに、ケイトリンはまたも首を振る。

「会っておりません。彼が食堂を出てから姿を見ておりません」

「失礼ですが、ご主人とは普段から疎遠なのですか」

リンジー・リンチが尋ねると、ケイトリンは言いにくそうに、

「その……自宅でももう何年も、同衾《どうきん》しておりませんの。あまり話すこともありませんし。でも一緒に出かけることはあったんです。パーティなどでは夫婦同伴が常ですから」

「つまりあなたは、お飾りの妻だったと？」

「そう言われても反論はいたしません。夫は、トミーは妻帯者の体裁を保つためだけにわたしとの婚姻を続けておりました」

「それだけではありませんね」

リンジー・リンチが詰問する。

「彼はあなたの才能も必要としていたのでは？」

「どういうことでしょうか」

「あなたの贋作家としての技量を利用していたと思うのですが」

「そんなこと……どうして、そう思われますの？」

たじろぐケイトリンにリンジーは追及を止めなかった。

「どうしてトミー氏はあなたが贋作家であるとわたしたちに言ったのか。彼が言ったように『世に出せば本物と認定される可能性は極めて高いというレベル』であれば本物と称して売ってしまえばいいのに。ということはつまり、あなたの絵は鑑定家を騙すことはできないレベルでしかない。半可通の眼はともかくね」

リンジーの言葉に、ケイトリンの絵をモンドリアンのものだと言い切ったデミアン・オーウェンスが、居心地悪そうに咳払いをする。

「ならばなぜ、あなたの贋作をこの屋敷に飾っているのか。ちなみにアンドリューさん、この屋敷にケイトリンさんの絵を飾るように進言したのはトミー氏ですね？」

「そうです。皆さんをお迎えするために絵でも飾っておこうと思ったのですが、私は正直なところ絵画についてはそれほど造詣も深くないですし、そもそも興味もありません。なのでトミーに任せました。ケイトリンの絵画を飾りたいと言われて、いいだろうと。モンドリアンという画家のことも知識がないのですが、そんなに有名なのですかな？」

「とても有名ですよ。それはともかく、ケイトリンさん、トミー氏があなたの作品をここに飾ることを承諾されたのですね？」

「……はい。著名な探偵さんたちがどれほどの審美眼を持っているものか試してみようと言われて。わたしはあまり乗り気ではなかったのですが断りきれず……でも、まさか最初にわたしが描いたものだと明かしてしまうとは思いもしませんでした。どうしてあんなことをしたのか……」

「わたしには理解できる気がします。トミー氏は話のネタにしたかっただけなのでしょう」

「それはなかなか酷い話だ」

マシュー・マッキンタイアは嘆息する。

「自分の妻を一時の慰み者にしたということか」

「ええ、ひどいですね。恨まれて当然でしょう」

その言葉の意味を理解したケイトリンは顔色を変える。

「まさか、わたしが彼を殺したと？　そんなことしません！　誤解です！」

「まだあなたが犯人だと断定したわけではありませんよ。容疑者から除外することもしませんが」

リンジーは冷徹に言ってのける。

「動機という点ではケイトリンさんだけではないですね。他の方たちにもトミー氏を殺害する可能性はある」

ピエール・デュプリが言った。

「妹のレイチェルさんとはもともと折り合いがよろしくないようだし、夫のクリスさんともどもタッカー家の財産を巡って確執があるようです」

「わたしたちに嫌疑を被せようというの？　そんなのおかしいです」

レイチェルは即座に否定した。

「あなたがたの眼にどう見えたかわかりませんけど、わたしたちとトミーとの間に確執などありません」

「そうでしょうか。僕は夕食のときの一件を忘れていませんよ。あのときあなたはトミー氏にだけフォカッチャではなく食パンとバターを出した。トミー氏の遺体の近くに置かれていたマザーグースの歌にある『White bread and butter』そのものです」

「それは……誤解です。トミーに食パンとバターを出したのは、ちょっとした当てこすりで、それ以上の意味はありません。ましてや彼を殺すなんてこと、するわけがないわ」

「レイチェルの言うとおりですよ。僕たちが彼を殺したのではありません」

夫のクリスも抗弁する。

「第一、僕たちがやったのなら、わざわざ殺害現場にマザーグースの歌を書いた紙切れなんか置いたりしませんよ。そんなことをしたら自分たちが疑われるのに」

「それくらい自己顕示欲が強かったということかもしれませんよ。僕はあなたがた夫婦を最重要容疑者と考えますね」

「結論を急ぐべきではないよ」

デミアン・オーウェンスが若い探偵を制した。

「容疑者なら他にもいる。たとえばタッカー夫人とかね」

「わたしが？　まさか」

エミリアは大仰に首を振る。

「なんて恐ろしいことを仰るのかしら。どうしてわたしが息子を手にかけなければなりませんの？　どんな動機があるというのですか」

「それを伺いたいのですよ。エグゼビアとは誰のことですか」

デミアンがその名を口にすると、エミリアは前夜のように表情を強張らせた。

「それは……」

「私から説明しましょう」

代わりに言ったのは、アンドリューだった。

「エグゼビア・ベノワはエミリアの弟です。温厚で物静かな学術肌の人物でした。大学時代に交通事故で下半身が麻痺状態となり車椅子生活をしていましたが、そんな境遇に臆することなく人生を謳歌していました。私は彼を支援する意味も込めて、トミーの家庭教師を依頼しました。当時から息子は皮肉屋で露悪的な性格でしたので家庭教師とぶつかることも多く、長く続けてくれる人物がおりませんでね。しかしエグゼビアは忍耐強くトミーと接してくれました。トミーも彼には懐いていたと思います」

「そんなことありません」

エミリアが否定する。

「トミーとエグゼビアの仲は、そんな穏やかなものではありませんでした。そうでなければ、あんなことには……」

「エミリア、落ち着きなさい」

アンドリューは妻を宥め、話を続けた。

「ある日、トミーとエグゼビアは私たちと赴いた保養先のミード湖で、ふたりでボートに乗って湖面に出ました。その途中でボートが転覆し、ふたりは湖に放り出されました。幸いトミーは泳いで岸辺に辿り着くことができましたが、下半身を動かせないエグゼビアは溺れてしまい、命を落としました」

「それはなんとも不幸なことでしたな」

デミアンは言う。

「それで、なぜボートが転覆したのですか」

「それなのですが、その瞬間を私たちも湖岸から見ておりました。はしゃぐトミーがボートから立ち上がって飛び跳ね、それを止めさせようとするエグゼビアがバランスを崩し、ボートが引っくり返るのを」

「つまり、転覆の原因はトミー氏にあったと？」

「当時のトミーはまだ子供でした。ボート遊びに昂奮して我を忘れてしまったのでしょう」

「違います」

またもエミリアが首を振る。

「あの子は、トミーはエグゼビアをからかいたくて、わざとボートの上で暴れたんです」

「トミー氏はそう言ったのですか」

「言うわけがありません。ボートの中に蛇がいたので驚いて逃げようとしたんだと言い訳をしていました。でも、そんなの信じられない」

エミリアは涙をこぼす。

「トミーは人の心を持たない子でした。誰かを傷つけることを楽しみにするような人間だったのです。どうしてあんなふうに育ってしまったのか……でも、だからといってわたしがトミーを殺したなんて思わないでください。実の息子を手にかけるなんて、そんなこと絶対にいたしません」

「わかりました。心に留めておきましょう」 デミアンは恭しく一礼する。

「さて、残る容疑者はアンドリュー氏ですが」

マシュー・マッキンタイアが言うと、

「私も容疑者ですか」

さも意外といった表情でアンドリュー・タッカーはマシューを見つめる。

「そうです。昨日のあなたの言動は息子のトミー氏の資質について懸念を抱いていることを窺わせるものでした。彼がタッカー家の財産と事業を手に入れたら、未来は眼を覆うばかりに悲惨なことになってしまう。そう危惧されたあなたが自らの手で将来の禍根を断った、とは考えられませんか」

「そのような論拠に乏しい動機で私が息子を殺したと？　そもそも私はあなたがたをこの屋敷に招待した本人なのですよ。これほどの名探偵諸氏を前にしてわざわざ殺人事件を起こすなど、到底考えられないでしょう」

「いや、おおいに考えられるね」

それまで黙っていたハリー・ブライアンが言った。

「あんたが俺たちを呼んだということ、それこそがあんたが犯人である証拠さ」

「おやおや、随分と自信たっぷりに仰いましたね」

アンドリューは驚いている。

「もしかして、先程『俺には誰が犯人かわかってる』と言っていたのは、私のことなのですか」

「そのとおりだ。動機探しだのアリバイだの、そんなまどろっこしい段取りなんぞ無用だ。あんたが犯人。それで決まり。以上」

「なんとも乱暴な」

アンドリューは困ったように首を傾げる。

「他の皆さんも、同じご意見ですかな？　ハリー氏に同意されるのですか」

「私は態度を留保します」

デミアン・オーウェンスが言った。

「まだ考えをまとめておりませんからね。それでハリーさん、あなたはどうしてアンドリュー氏を犯人と告発されるのか、その理由を教えていただけるかな」

「もちろん。さっきあんたたちに止められなかったら、とっくに事件を解決してたんだ」

ハリー・ブライアンは自分を注視する者たちに笑みを返す。

「動機なんざ、どうだっていい。誰がトミー・タッカーを殺すことができたかを考えれば、自ずと答えは出てくる」

「それが私だと言うのですね」

「そうだよ。あんたしか考えられない。なぜなら、あんたはどの部屋にも入ることができるマスターキーを持っているからだ」

「たしかにマスターキーを持っているのは私ひとりです。しかしそのことが私を犯人と指摘する証拠にはなりませんよ。思い出してください。トミーの部屋のドアを開けるために、私はマスターキーで解錠しました。しかしドアは内側から閂が掛けられており、開けることができなかった。それでやむを得ずハリーさん、他ならぬあなたが閂を破壊してドアを開けた。そうですね？」

「ああ、そうだよ。俺がドアを壊して開けたとき、閂が掛かっていることは確認している」

「ならばおわかりのはずです。マスターキーでドアを施錠することはできても、内側の閂を掛けることはできませんよ」

「たしかに閂を掛けた状態でトミーの部屋のドアから脱出することは不可能だな。しかし」

と、ハリーは人差し指を立てて、

「他のドアから出ていくことはできただろう」

「他のドア？」

「あの部屋には廊下に面したドアの他にもうひとつドアがあったじゃないか」

「ああ、隣室との間のものですね。しかし申し上げたとおり、あのドアの鍵はこの屋敷を手に入れたときからなかったのですよ」

「あんたがそう言ってるだけだろ。信用できないな」

ハリーは唇の端を歪めて笑う。

「あのドアの鍵もあんたが持っているに違いない。あんたは息子を殺した後、廊下に面したドアの閂を掛け、施錠した後にあちらのドアを開けて出ていったんだ」

「それはおかしいですよ」

異を唱えたのはピエール・デュプリだった。

「あのドアから出たとしても、そこはケイトリンさんの部屋です。ドミー氏が殺害されたのは昨夜九時から十一時の間。その時刻に彼女は部屋にいました。見つからないで出入りすることは不可能ですよ」

「そのとおり。彼女の眼を逃れて彼女の部屋を通ることはできない。堂々と出ていったんだよ」

「それは、つまり」

ピエールはケイトリンに眼を向け、言った。

「ケイトリンが共犯だと？」

「そんな！」

ケイトリンが立ち上がる。

「どうしてわたしが？」

「理由は知りませんよ。あんたとアンドリューがトミーを亡き者にするという点で利害が一致したのかもしれん。あるいはあんたがたが秘密の関係だったとか」

「下品な想像はやめてください。何の根拠もないのに」

「それは悪かったな。しかしどのような理由であれ、あんたたちが共謀すれば今回の犯行が可能なんだよ」

「そんな……」

ケイトリンは口惜しそうにハリー・ブライアンを睨みつける。

「仰るとおりですね」

アンドリューが意味ありげに頷く。

「しかしそれは単に可能であるというだけのことであって、間違いなく私が息子を殺したということにはならないと思いますが」

「じゃあ、他にこの殺人を実行できる人間がいるのかい？　密室のトリックを解明できるのかい？　教えてほしいもんだな」

ハリーは挑発するように言った。

「それなら造作もないことですよ」

それに答えたのはマシュー・マッキンタイアだった。

「ハリーさん、あなたがトミーとケイトリン夫妻の部屋を繋ぐドアに鍵が存在すると言うのなら、私は第四の鍵の存在も主張しましょう」

「第四の鍵？」

「トミー氏の部屋にあった鍵、書斎に保管されていた合鍵、アンドリュー氏が持つマスターキー、それ以外にまだ見ぬ第四の鍵があるとしたなら、それを使って犯人はトミー氏殺害の後、ドアを施錠することが可能となります」

「閂を忘れてるぜ。あれは内側からしか掛けられないものだ」

「それが盲点なのですよ。閂は内側からしか掛けられない。そう思い込んでいるかぎり、この密室の謎は解けない」

「外側から掛けられると？」

デミアン・オーウェンスが問いかけると、マシューは頷いた。

「私はトミー氏のドアの閂をよくよく調べてみました。ドア側に取り付けられ鉄製の横棒をスライドさせ、ドア枠にある穴に突き刺して固定するものでした。ドアを蹴破ったときに変形していましたが、横棒の動きはとてもスムーズでほとんど力を必要としません。あれならネオジム磁石のような強力な磁石を使えば、ドアの外側からでも動かすことは可能ですよ。犯人はトミー氏を殺害後、ドアを合鍵で施錠し、門を外側から掛け、立ち去ったのです」

「その犯人とは誰ですかな？」

デミアンの質問に、マシューは肩を竦めた。

「わかりません。合鍵と磁石を持っている者なら、誰にでも可能ですから」

「それじゃ意味ないだろ。誰が犯人なのかはっきり特定できないと」

ハリー・ブライアンの苦言に、しかしマシューは動じなかった。

「私はあなたのアンドリュー氏犯人説以外に密室の謎を解けるか、という問いかけに答えただけです。可能だとね」

「しかしそれは憶測だろう？」

「ええ、アンドリュー氏とケイトリンさんが共犯だという、あなたの憶測と同じです」

マシューの反論に、ハリーは、

「それは、その……」

と言ったきり押し黙った。

「マシューさんの推理もハリーさんの推理も面白いですね」

ピエール・デュプリが口を挟む。

「面白いけど、存在するかどうかわからない鍵を前提にしているところが弱いかな。エレガントさに欠ける」

「じゃあ、おまえはエレガントに解けるっていうのか」

ハリーが突っかかると、ピエールは彼を制するように両掌《りょうて》を挙げて、

「そんなに苛《いら》つかないでください。合鍵もネオジム磁石も必要ないんです。だって鍵や閂は内側から掛けられるんですから」

「内側からしか掛けられない。だから問題だと言ってるんじゃないか。ちゃんと考えてるのか」

「もちろん考慮していますよ。内側からしか掛けられないのだとしたら、掛けたのは部屋の中にいた人物でしょう」

「トミー氏自身が掛けたというの?」

リンジー・リンチが尋ねると、ピエールは微笑みながら頷いた。

「トミー氏は背中を刺されたが即死ではなかった。犯人が立ち去った後、彼はドアに縋りつき、施錠した上に閂を掛けたんです。その後ベッドに倒れ込み、絶命した」

「それが、君の考えるエレガントな推理かね」

デミアン・オーウェンスが揶揄するように言った。

「トミー氏がドアまで歩いて鍵と閂を掛けたのなら、あの傷だ、床に血痕が残っていなければおかしいだろう。しかし私の記憶では、床のカーペットにそのようなものはなかったが」

「必ず血が滴《したた》り落ちるとは限らないでしょう。なかったとしても不思議ではないと思い

ます」

ピエールが反論すると、

「そいつはどうも我田引水な論法ですな。そちらのほうがいささかエレガントさに欠けるように思えますが」

「ではオーウェンス教授、あなたのお考えはどうなんですか。密室の謎は解けたのですか」

食ってかかるような勢いでピエールが問いかけると、デミアンは意味ありげに人差し指を立てて、

「解けた、かもしれません」

と言う。

「かも？　かもとは？」

「今はまだ推測の域を出ていないという意味ですよ。もう少し検証と検討を必要とします」

「お腹空いた」

「ローラ嬢の言うとおり、私も空腹です。一旦休憩して昼食にしませんか」

「なんだよ、話の途中で」

「いいじゃないですか、ハリーさん。我々は楽しいゲームをしているのですから」

デミアンは批判を意に介する様子もなく、

「ヘルムスリーさん、ランチをお願いできますかな」

「承知いたしました」

レイチェルとクリスがサロンを出ていく。

「では、準備が整うまでこちらでお待ちください」

そう言ってアンドリューもエミリア、ケイトリンを伴い、席を外した。残ったのは六人の探偵たち。

マシュー・マッキンタイアが大きく背伸びをした。

「やれやれ、いささか疲れるね」

「そう言いながらも、結構楽しんでるでしょ?」

リンジー・リンチに言われ、マシューは笑みを浮かべる。

「当然だよ。こういうシチュエーションを待ち望んでいたんだから」

「俺は少しばかり落胆しましたよ」

ハリー・ブライアンが唇を尖らせた。

「まさか、ここまでオリジナリティのない展開だとはね。これじゃまるで、あのくだらない小説と同じだ」

と、彼が言った途端、他の面々の表情が変わった。

「あ……これ、タブーでしたかね」

ばつが悪そうにハリーは頭を掻く。

「そんなことはない。たしかに似ているが、何から何まで同じだとは思えない」

マシュー・マッキンタイアが言う。

「そうでなければ、我々をここまで呼んだ意味がないだろう。あんな小説とは違って、ちゃんと我々を驚かせてくれるはずだ」

そう言うと彼はデミアンに向かって、

「あなたが勿体《もったい》ぶっている謎解きも、さぞやオリジナリティがあるんでしょうね？〝見えないジョー《インビジブル・ジョー》〟なんて出てこないような」

マシューの挑発するような問いかけに、デミアンはウインクを返す。

「乞《こ》うご期待、といったところさ。それより早く昼飯にしてくれないかな。空きっ腹で死にそうだよ」

二十分ほどしてレイチェルがやってきた。

「支度が整いました。皆様、隣の食堂にお移りください」

6

「簡単なもので申しわけありませんが」

そう言ってクリスとレイチェルがテーブルに並べたのはトーストしたパンにローストチキン、ベーコン、レタス、スライストマトを挟み込んだクラブハウスサンドにフライドポテトを盛った皿だった。

「待ちかねましたぞ」

デミアン・オーウェンスは真っ先に席に着くと、サンドイッチに食らいつく。

「本当に食い意地が張ってますわね、教授」

リンジー・リンチが皮肉っぽく言っても動ずる様子もなく、

「腹が減っては戦ができぬ。私の脳細胞は栄養を欲しているのですよ」

詰め込んだサンドイッチを咀嚼しながら言い返した。

「脳には糖分ですよ。てっとり早く砂糖でも摂取されてはどうです？」

ピエール・デュプリが茶化《ちゃか》すように言うと、デミアンは砂糖壺から摘まみ取った角砂糖を口に放り込んだ。

「これで万全です」

「参りました」

ピエールは肩を竦めた。

少し遅れてマシュー・マッキンタイアとハリー・ブライアン、ローラ・モーガンも席に着いた。

「お飲み物はお命じください。用意いたします」

「では私はアイスコーヒーを」

「わたしはアイスティー。ストレートで」

「アイスティー」

「ルイボスティーをください」

「僕もアイスコーヒーがいいな」

「冷たいコーヒーが欲しい」

探偵たちはそれぞれに注文するとテーブルを囲み、サンドイッチに手を伸ばしはじめた。

「うん、なかなか美味いね」

ハリー・ブライアンがサンドイッチを口いっぱいに頬張りながら言う。

「こんな美味いサンドイッチ、久しぶりに食ったよ」

「女性用に厚みのないサンドも作ってくれたのね。ありがとう」

リンジー・リンチが礼を言うと、レイチェルが軽く頭を下げる。

「さっさと食べて、推理合戦に戻りましょう」

ピエール・デュプリは慌《あわ》ただしくサンドイッチに食らいつく。

「早くオーウェンス教授の推理を聞きたくて、うずうずしてます」

「焦ることはないですよ」

自分の皿に取り分けたポテトを数本まとめて口に運びながら、デミアン・オーウェンスは答えた。

「どうせ犯人はここから逃げ出すことはできない。ゆっくり腹ごしらえをしてから指摘して差し上げましょう」

「なんだか恐ろしいです。この中に犯人がいるだなんて」

飲み物を用意して戻ってきたレイチェルが眉をひそめる。

「厳然たる事実です。お認めになったほうがいい」

デミアンが次のポテトに手を伸ばしながら言う。するとケイトリンが彼に尋ねた。

「犯人はタッカー家の者ですか。それとも、あなたがた探偵さんの中に？」

一瞬、探偵たちの手と口の動きが止まる。

「まさか。我々の中に犯人がいると？」

マシュー・マッキンタイアが左右に眼をやる。

「我々は招待された探偵ですよ。容疑者の範囲外だ」

「いや、そうとは限らないですよ」

ピエール・デュプリが面白がるように、

「考えてみれば、そういう展開もありそうだ。この中にじつはトミー氏に対して恨みを持っている人物がいて、いい機会だからと犯行に及んだ、とか」

「考えられないことじゃないわね」

リンジー・リンチは冷静に言った。

「動機の点は棚上げするとして、このアバーナシー・ホールにいる以上、犯行の可能性について検討すべきだわ」

「そのとおりです」

ポテトをくわえたまま、デミアンが頷く。

「この屋敷に滞在する者は全員、犯人である可能性を検討されるべきでしょうな」

「ではオーウェンス教授、あなたは探偵諸氏の中に犯人がいるとお考えなのですか」

アンドリューが尋ねると、デミアンは飲み物で喉を湿らせ、

「そうは言っておりませんよ。ただ私が申したいのは……」

と、そこで言葉を切った。

「どうされました？」

アンドリューの問いかけにも答えない。

「あ……」

かすかに声を洩らし、椅子を倒して立ち上がる。その上体が傾ぎ、顔面はたちまち紅潮《こうちょう》しはじめた。

「教授？」

マシュー・マッキンタイアが声をかけても聞こえていない様子で、デミアンは血走った眼《まなこ》を見開き、喉の奥からかすれた笛の音のような声を洩らしながら、右手を差し伸べる。震える指の先にはレイチェルの青ざめた顔があった。

そのままデミアンは後ろに倒れた。横倒しになった椅子に衝突し、それから体を横転させる。

「教授！」

リンジー・リンチが駆け寄る。デミアンは全身を激しく痙攣させていたが、一際大きくおぞましい喘鳴《ぜんめい》を発すると、そのまま動かなくなった。

「教授、しっかり……」

リンジーが彼の体を摑《つか》んで揺り起こそうとしたが、その虚ろな瞳と眼を合わせた瞬間、悲鳴をあげた。

「死んで……死んでる！」

「なんだって？」

ハリー・ブライアンが彼らのところにやってきた。

「ちょっと待ってくれよ。そういう趣向とは聞いてないぜ」

デミアンの顔を覗《のぞ》き込んだハリーは、半笑いで彼の頬を指先で叩いた。

「おい、おいって」

しかしデミアンに反応はない。ハリーも事態がただならないものだと気付いて表情を強張らせた。

「おい、よせよ。そんなのって……」

「何をうろたえているんです？」

マシュー・マッキンタイアはまだ余裕があった。

「我々は探偵ですよ。どんなアクシデントにも対応できなければ一流とは言えない。しかし、こういう事態になるとは予想外ですな」

倒れたデミアンに近付こうとしたが、エミリアに押し退けられた。彼女は悲鳴をあげつづけるリンジーも硬直しているハリーも追いやり、デミアンの虚ろな瞳を覗き込み、首筋に指を当てた。そして声もなく見守る者たちに告げた。

「亡くなっています」

「そんな……本当に？」

マシューがまだ疑《うたぐ》り深そうに問いかけてくる。

「信じられないのであれば、ご自分で確認してください」

エミリアが場所を譲る。マシューは動かないデミアンに顔を近付け、そしてすぐに飛び退くように尻餅をついた。

「ほんとだ……ほんとに、死んでる」

「いやあっ！」

リンジーが金切り声をあげる。

「どういうことなのよ⁉　どうしてなのよ⁉」

「落ち着け！　落ち着け落ち着けってば！」

ハリーも負けず劣らず冷静さを欠いた声で怒鳴る。髪を掻きむしり蒼白になった顔を引き攣《つ》らせている。

「すぐに救急車を……いや、もう遅いか。だったら、だったら警察だ。警察を呼んでくれ！」

彼の声に応じる者はいない。みんな硬直したように動かなかった。

「おい、聞こえないのか！　警察を呼べってば！」

ハリーがアンドリューの上着の襟《えり》を引っ張った。

「あ……はい……」

アンドリューは眼が覚めたように瞬きをする。

「警察を呼んで、どうするんですか」

「何を寝惚《ねぼ》けたこと言ってるんだ。死人が出たんだぞ。警察に通報するのが筋ってもんだろうが」

襟を摑んだハリーに揺さぶられ怒鳴られ、しかしまだアンドリューは狼狽《ろうばい》した様子で、

「はい、警察ですね。はい。しかし……」

「何だよ？」

「どうやって呼べばいいのでしょうか」

「どうやってって、電話に決まってるだろうが！」

噛みつきそうな顔付きのハリーに、アンドリューは当惑の表情で答えた。

「しかし、ここには電話はないんですが」

「ない？　どういうこと？」

ピエールが尋ねる。

「だから、ないのです。最初から電話は引かれておりません」

「だったら、どうやって外部と連絡を取ってるんだ？」

「それが――」

アンドリューが言いかけたときだった。

「ぐっ……!?」

くぐもったような声が聞こえた。

一同が一斉にそちらに眼を向ける。

信じられないといった表情で立ち竦んでいるのは、リンジーだった。彼女の胸に銀色の棒のようなものが突き立っている。

「なん……なの、これ……？」

かろうじて言葉とわかる音が、赤い滴りと共に唇から溢れる。彼女はそのまま床に崩れ落ちた。

子供の泣き声のような悲鳴をあげたのはハリーだった。彼は倒れてくるリンジーから飛び退こうとして、茫然と突っ立っているマシューにぶつかって諸共《もろとも》に引っくり返った。

仰向けに倒れたリンジーはかすかに痙攣を繰り返した後、動かなくなった。

また悲鳴があがる。ケイトリンだった。

「いやあああっ！」

彼女は食堂から飛び出していった。それを合図にしたように、他の者たちもそこから逃げ出した。

ローラは階段を駆け上がり、自分の部屋に飛び込むと、ドアに鍵を掛けた。

これが惨劇の始まりだった。

RED CRAB MURDER MYSTERY

第二部 赤手蟹島の惨劇

1

ノックをする音がした。

二回。一回。二回。

彼女は返事をしなかった。

それでもノックは続く。二回。一回。二回。

ベッドから離れると、ドアに向かって言った。

「誰?」

「僕だよ」

「僕じゃわからない。名前を言って」

「僕の名前、知ってるのかな?」

「知ってる。ピエール・デュプリでしょ」

「そうだね。僕はピエール・デュプリだった。開けてくれないか。大丈夫。危害は加えない」

少し考えてから、解錠してドアを少しだけ開けた。隙間《すきま》から男の顔が覗く。

「大丈夫?」

ピエールが言った。

「大丈夫じゃない。だから部屋に閉じ籠もってる」

「そうだね。でも出てきてほしい。話をしなきゃならない」

「誰と？」

「みんなとだよ。大事なことだ」

彼女はドアの隙間を保ったまま尋ねた。

「他には誰かいるの？」

「僕と、それから後ろにマッキンタイア氏とブライアン氏がいるよ」

「あなたたちを信用できる？」

「難しい質問だね」

彼は微笑んだ。

「でも今は僕らを信用してほしいって言うしかない」

「ちょっと待ってて」

ドアから離れ、必要なものを手にしてから戻った。

「それ、どうしたの？」

彼は少し驚いたような顔をしている。

「持ってきた」

「護身用？」

「そう」

「僕には使わないでね。スタンガンは好みじゃない」

「使わないって宣言したら、護身具じゃない」

彼女が言うと、彼は「たしかに」と笑った。

「じゃあ、せめて剝き出しじゃなくそのポーチに入れておいて。いつでも使えるようにしておいていいからさ。行こう」

ドアを開けると、そこにはマシュー・マッキンタイアとハリー・ブライアンも立っていた。ふたりとも顔が強張っていた。

「この娘、大丈夫か」

マシューがピエールに尋ねる。

「大丈夫ですよ。もう落ち着いてるみたいだ」

「そういうことじゃなくて、信用できるかってことだよ」

ハリーが言う。

「何が起きたのかわからないんだ。誰を信用していいのかもわからない」

「だからこそ、みんな一度集まるんですよ」

ピエールが辛抱強く言葉を返す。

「事態を検討するのは、それからです」

ローラが廊下に出る。四人はとりあえず一階の書斎に入った。

「一体、何が起きたんだ？」

マシュー・マッキンタイアが疲れたような声で言う。

「ふたり死んで、ここに残りの四人がいる。そういうこと」

ローラが素っ気なく返す。

「そうだね。生きている名探偵は、これで全員」

ピエールが答えると、マシューは苦いものを噛みしめているような顔になった。

「ピエール、そういう言いかたはだな――」

「ひとつ、提案があるんですが」

ピエールはマシューの言葉を遮って、言った。

「もう、やめませんか」

「やめるって、何を?」

「探偵のふりをすること。仰々しい名前を名乗って名探偵みたいに振る舞うの、もうやめましょうよ」

「それはつまり……」

ハリー・ブライアンが躊躇するように、

「つまり、本名を名乗れってことか」

「そう。僕から明かしましょうか。ピエール・デュプリこと山内冬《やまうちとう》。二十二歳。大学生。山梨出身で東京在住。フランス語も話せないし、詩も書けません」

ピエール――山内は自己紹介した。

「マシューさん、あなたは？　イギリス人ではないことはわかってますけど」

「宝田《たからだ》久英《ひさひで》だ。四十七歳。岐阜で自動車販売店に勤めている」

「よろしく宝田さん。じゃあ次はハリーさん」

「俺は……徳峰祐太郎《とくみねゆうたろう》。三十五歳。福島に住んでる。フリーターだ」

ハリー──徳峰は名乗ってから、彼女を見た。

「ローラお嬢ちゃん、あんたは？」

「苣木《ちさき》結美《ゆみ》。十七歳。高校生」

「どこに住んでるの？」

「広島」

「地元か。広島のどこ？」

「教えない」

彼女──苣木が突慳貪《つっけんどん》に答えると、徳峰はむっとした顔になる。が、それ以上は突っ込んで訊いてはこなかった。

「東京に岐阜に福島に広島ね。住んでるところはばらばらなんだな」

山内が長い髪を掻きながら、

「オーウェンス教授とリンチ女史も、どこかの誰かなんだろうけど」

「誰も知らないのか」

徳峰の問いかけに三人は揃って首を振る。

（＝アンドリュー・タッカー）

（＝エミリア・タッカー）

（＝トミー・タッカー）

（＝ケイトリン・タッカー）

（＝レイチェル・ヘルムスリー）

（＝クリス・ヘルムスリー）

宝田久英（＝マシュー・マッキンタイア）

岐阜県で自動車販売店に勤める。四十七歳、男性。

（＝リンジー・リンチ）

山内冬（＝ピエール・デュプリ）

山梨県出身、東京在住の大学生。二十二歳、男性。

（＝デミアン・オーウェンス）

徳峰祐太郎（＝ハリー・ブライアン）

福島県在住のフリーター。三十五歳、男性。

苣木結美（＝ローラ・モーガン）

広島県在住の高校生。十七歳、女性。

「私たちは知らなくても、彼らなら知っているだろうな」

宝田が言う。

『タッカー家』の連中か。奴らはどこにいる？」

徳峰が尋ねると、

「アンドリュー・タッカーの部屋に集まってるよ」

山内が答えた。

「彼らは彼らで話をしてるみたいだけど」

「何の話だ？　俺たちを殺す算段か」

「彼らが犯人だと？」

「決まってるだろ」

徳峰は憤然と答える。

「あいつらが俺たちをここに呼び寄せたんだ。どうしてこんなことをしたのか、きっちり白状させてやる」

書斎を出ていこうとする彼を、宝田が呼びとめた。

「待て。あいつらがふたりを殺したんだとしたら、このままのこのこ行ったら俺たちだって危ないかもしれない。そういう危惧があったから、あいつらと距離を取ったんだし」

「だからって、このままじゃどうにもならんだろ。この島を逃げ出すにしても、あいつらに方法を訊かなきゃならないんだし」

「そう。話し合いは必要だね」

山内が言うと、

「話し合うにも、安全は確保しないとな」

宝田は書斎の壁際に設置されている暖炉に近付き、その傍らに置かれている金属製の長い棒を手に取った。

「こいつが武器として有用なのは、海外ミステリを読んでれば常識だよな」

「火かき棒か」

「俺が生まれた北海道じゃデレッキと呼んでた。あんたらも何か道具を持てよ。そのほうが安全だ」

徳峰と山内は書斎の中を探ってゴルフクラブと工具のドライバーを手に入れた。

「こんなの持ってても、相手がもっとすごい武器を持ってたら太刀打ちできないかもしれないがな」

徳峰がゴルフクラブの重みを確かめるように片手で振ってみせる。

「オーウェンスもリンジーも、あっと言う間に殺された。あいつらは本気だ」

「やっぱり、殺されたのかな?」

宝田は懐疑的な言いかたをする。

「当たり前だろ。あんただって見てただろうが」

徳峰が切れ気味に言い返すと、

「でも、彼らはどうやって殺されたんだ？」

「オーウェンス教授は毒だと思う」

山内が答える。

「あの断末魔は毒殺だろうね。リンチ女史は僕もよく確かめてないけど、胸に何か突き刺さってた。あれは、短剣？　ナイフ？」

「たしかに、そのように見えたな。しかしあれが刃物だとして、どうやって刺されたんだ？　それとオーウェンスを殺した毒は、どこから彼の体内に入った？」

「そういう探偵ごっこはもう、やめようや。けったくそ悪い」

徳峰が吐き出すように言う。

「そういうお遊びをしてる場合じゃないんだ」

「そうだな。もうゲームじゃなくなった。とにかくここは一致団結して、あいつらと対決しなきゃならん」

「お嬢ちゃん、結美ちゃんだっけ？　あんたも自分の身は自分で守ってくれよ」

徳峰が苣木に言葉をかけてきた。

「わかってる」

彼女はそれだけ答えた。彼はまだ何か言いたそうだったが、気を取り直すように咳払いをして、言った。

「じゃあ、行こうか」

2

アンドリュー・タッカーの部屋は二階の東側にあった。彼らが寝泊まりした西側の部屋よりずっと広くて、しかもリビングと寝室が繋がっているスイートルームだった。

廊下に面した部屋の前に立つと、宝田は他の者たちに視線で合図をした後、ノックもせずにドアを開けようとした。しかし、

「ちっ、鍵が掛かってる」

苛立《いらだ》たしそうに言い、ドアをノックした。

「おい、ちょっと話がある。入れてくれ」

程なく鍵の外れる音がしてドアが開きだした。宝田も徳峰も自分の武器を構える。

顔を見せたのは、レイチェルだった。得物《えもの》を携えた彼らを見るなり、悲鳴をあげて飛びすさる。

「やめて！　殺さないで！」

「それはこっちの台詞だ」

宝田が火かき棒を手に部屋に入ろうとした。が、すぐに後退《あとずさ》る。

レイチェルの後ろにクリスが立ちはだかっていた。手には金属バットを握っている。

「そんなもの、どこで手に入れた？」

「部屋にあったんだ。どうしてこんなものがおいてあるのかわからんが。いや、そんなことはどうでもいい。君たち、何しに来た？」

「何しにも何も、俺たちはあんたたちと話をしに来たんだよ」

「そんな物騒なものを持ってか」

「バットで頭を殴る気満々のあんたに言われたくない。いいか、今は非常時だ。たった今、俺たちの目の前でひとが死んだ。殺されたんだ」

「誰がやった？」

「その話をしたいんだ。誰がやった？」

「知らん。僕たちは何も知らん」

「知らんわけがないだろ」

ゴルフクラブを手にした徳峰が口を挟む。

「おまえたちがやったに違いない。なぜ殺した？」

「言いがかりだ。あのひとたちを殺す理由なんかない。君たちこそどうなんだ？　仲間割れでもしたんじゃないのか」

「仲間割れなんかしない。なぜなら」

宝田が言った。

「俺たちは仲間なんかじゃないからだ。実際に顔を合わせたのは、昨日が初めてだった。あんたたちはどうなんだ？　仲間か」

「仲間……だな、たしかに。だけど僕たちもただ雇われただけだ」

「誰に？　アンドリューにか。彼に会わせてくれ」

「彼は誰にも会いたくないと言ってる」

「そんな勝手な言いぐさがあるか！」

宝田が怒鳴る。それに抗するようにクリスがバットを構えた。

「野球とゴルフ、どっちが強いか勝負するか」

「望むところだ。叩きのめしてやる」

「クリスさん、落ち着いて。宝田さんも」

山内が間に入った。

「お互い、冷静になりましょうよ。妄想と敵意だけ膨らませてしまっても、何の得にもなりません。ここはみんなで話し合うべきです」

「何をだ？」

と、宝田が訊き返す。

「現状把握と今後どうするべきかについて、ですよ。僕たちは多分、とても厄介な状況に追い込まれている。今は協力し合って事態を打開するべきです」

「それがいい」

クリスの後ろから声がした。

「俺もついさっきまで死んでたから事情がよく摑めてないんだ。みんなに話を聞かせてほしいな」

顔を覗かせたのは、トミー・タッカーだった。彼は怯《おび》えているレイチェルの肩を抱いて落ち着かせると、言った。

「血塗《ちまみ》れのままで悪いね。着替えてる暇もなかった。藤木《ふじき》ちゃん、ひとまずバットは置こうよ」

バットを構えたままのクリスに呼びかけ、

「それから、そっちの探偵さんたちも武器はここに置いてよ。歓迎するからさ」

トミーの取りなしで、やっと彼らはリビングルームに入ることができた。そこはずいぶんと広い部屋で、アールデコ調のアンティークなソファやテーブルが置かれている。そのソファにケイトリンとエミリアが腰を下ろしていた。青ざめた表情のケイトリンの肩を抱いたエミリアが、きつい眼差しを彼らに向けた。

「これは一体、どういうことなんですか。わたしたちは何に巻き込まれているのですか。きちんと説明してください」

「それを訊きたいのはこっちだよ」

徳峰が言い返す。

「どうしてこんなことになった？　何のためにあのふたりを殺したんだ？」

「わたしが殺したと言うのですか」

「あんたじゃなきゃ、あんたたち〝タッカー家の人々〟の誰かがやった」

「そんな馬鹿な。わたしたちはただ――」

「ちょっと待ってください」

山内が言い合いを押し止めた。

「何もわからない状態のまま言い合いをしても不毛です。とにかく全員で集まって話し合いましょう。みんな、とりあえず座って」

彼の言葉に従って、全員ソファに腰を下ろす。

「ひとり足りませんね。アンドリューさんは？」

「隣の寝室」

エミリアが言った。

「気分が悪いって寝てるわよ」

「悪いけど起こしてくれませんか。大事な話をしなきゃならない。特に彼は重要な人物ですから」

「でも……わかった」

エミリアは諦めたように立ち上がり、寝室に向かった。しばらくしてアンドリューを引き連れ、戻ってくる。

「私は……私は何も知らないんだ」

青ざめた、というより白い顔をしている。空いているソファに座り込むと、頭を抱えた。

「どうしてこんなことに……私は、何も知らないんだ……」

「何も知らないってわけはないだろ」

　徳峰が睨みつける。

「あんたが俺たちをここに呼んだ。何もかもあんたが仕組んだことだろうが」

「違う！　違うんだ！　私は何もしてない！」

「何が違うんだよ。あんたがアンドリュー・タッカーだろ？」

「そうじゃない！　いや、そうなんだが……でも違うんだ。ああ、なんて言って説明したらわかってもらえるのか……」

「最初から話をしたほうがいいでしょう」

　山内が提案した。

「僕たちがどうしてこの島にやってくることになったか。そこから話したほうがいい。順番に話していきませんか」

　異を唱える者はいなかった。

「じゃあ、まず僕から話しますね。さっき探偵さんたちには明かしましたが、僕の本当の名前は山内冬、大学生です。趣味は読書。特にミステリが好きです。読むだけじゃなくて将来はミステリ作家になれたらいいな、なんて思ってます。まだ書いてはいませんけど。あ、そんなこと、今はどうでもいいですね。すみません」

　申し訳なさそうに言う。

「僕は趣味と勉強を兼ねてマーダーミステリーをプレイしていました。ここにいる皆さんには自明のことかもしれませんが一応説明します。マーダーミステリーっていうのは殺人事件を題材にした推理ゲームです。プレイヤーが割り当てられた設定に従い、探偵になったり容疑者になったりして事件の謎を解き、犯人を見つける。キャラクターになりきる楽しみや犯人当てをするサスペンスとかが味わえて、結構面白いです。実際に集まってプレイするのも好きなんですが、最近ではネット上のオンライン・マーダーミステリーに参加することも多くなりました。そんな中で出会ったのが『aRrows《アローズ》』というグループです。彼らは定期的に新しいマーダーミステリーのシナリオを発表するんですが、それが結構クオリティ高くて面白かったんですよね。しかも何度か参加して成績が優秀なプレイヤーには賞金が授与されるというので、張りきって何度かオンラインのイベントに参加してプレイしてました。『aRrows』のメンバーは秘密にされてるんですけど、ゲームマスターはいつも同じ名前でした。アンドリュー・タッカー」

名を呼ばれ、アンドリューは慌てたように首を振る。

「私じゃない。私は違う」

「違う？　それってどういう……あ、いや、今はとにかく順番に話しましょう。そうやって僕は『aRrows』の用意するシナリオで楽しく遊んでいたわけです。そしたらある日、アンドリュー・タッカーからメールが届きました。『成績優秀なあなたに特典として特別なサロンに招待いたします。そこでしか公開しない特別なシナリオで、オンラインではなくリアルのプレイができます』という内容でした。なかなか面白そうだと思って入ってみました。そこで提示されたのが、実際の孤島に建つ本物の館の中でマーダーミステリーを行うというイベントでした。旅費宿泊費は無料。身ひとつで来てくれたら全部用意するという話でした。しかも、今回は謎解きの賞金が百万円ですからね。こんな魅力的な誘いに応じないわけにはいかない。そう思って参加を決めました。すると僕のところに設定書と旅行ガイドが送られてきました。僕はピエール・デュプリというフランスの探偵。細かな設定は昨日話したとおりです。ゲームの開催場所は瀬戸内海に浮かぶ小島、つまりここです。一緒に参加するメンバーともども竹原港に集合し、そこから船で渡るとガイドには書かれてました。そして昨日、指定された集合場所に来てみると」

山内は〝探偵〟たちを見回し、

「あなたがたがいたわけです。以上」

「俺もほとんど同じだよ」

宝田が言った。

「山内君と同じように『aRrows』のマーダーミステリーで遊んでいたら、特別なゲームに招待してくれると言われて、のこのことやってきたわけだ」

徳峰が言う。

「俺も同じだね」

「同じく」

苣木も言った。

「つまり僕たちはみんな、アンドリュー・タッカーに招かれて、ここに来た。あなたに」

彼女に指差されたアンドリューは、またも激しく首を振った。

「違う違う。違うって言ってるのに！」

「どう違うのか教えてもらおうか」

徳峰が凄む。アンドリューは怯えた表情で周囲を見回し、そして諦めたように項垂れる。

「私は、あなたたちの言う〝アンドリュー・タッカー〟なる人物ではありません。私は、私たちはただの役者です」

「役者？」

「はい。私の本名は竹本伸介《たけもとしんすけ》と言います。東京で蒼茫座《そうぼうざ》という劇団を主宰しています。ここにいるのはみんな、うちの劇団員です」

「佐藤《さとう》パメラです」

エミリアが挨拶した。

「中山亭《なかやまとおる》だ」

トミーが挨拶した。

「三木《みき》サユリです」

ケイトリンが挨拶した。

「野宮明美《のみやあけみ》です」

レイチェルが挨拶した。

「藤木滝雄《たきお》です」

クリスが挨拶した。

「私たちは小さな劇団です。劇団員は皆、普段は別の仕事に就きながら細々と演劇をしてきました」

アンドリュー――竹本が言った。

「ただ弱小劇団ゆえに、なかなか思うように活動をすることができないでおりました。公演するたびに赤字続きで、存続も危うくなっていたのです。そんなとき、以前に付き合いのあったイベント制作会社から思ってもいない依頼が来ました。瀬戸内海のある島を借り切ってイベントを行うから、役者として来てほしいと言うのです。提示されたギャラはなかなか良いものでした。これは渡りに舟だと思い、承諾しました。指示書とシナリオはすぐに送られてきました。私はアンドリュー・タッカーという館の主で、イベントの狂言回しをすることになっていました。他の劇団員もそれぞれ役を当てられ、島に到着する探偵役の方々に対しては、あくまでタッカー家の人間として振る舞うようにと厳命されました。そして昨日、皆さんをお迎えしたわけです」

「じゃあ、あんたは『aRrows』のアンドリュー・タッカーじゃないと言うんだな？」

宝田の追及に、竹本は大きく首を振る。

「もちろん違います。『aRrows』という名前も知りませんし、そもそもマーダーミステリーなるものも全然知りませんでした」

竹本伸介（＝アンドリュー・タッカー）
劇団「蒼茫座」の主宰者。

佐藤パメラ（＝エミリア・タッカー）
劇団「蒼茫座」の劇団員。

中山亨（＝トミー・タッカー）
劇団「蒼茫座」の劇団員。

三木サユリ（＝ケイトリン・タッカー）
劇団「蒼茫座」の劇団員。

野宮明美（＝レイチェル・ヘルムスリー）
劇団「蒼茫座」の劇団員。

藤木滝雄（＝クリス・ヘルムスリー）
劇団「蒼茫座」の劇団員。

宝田久英（＝マシュー・マッキンタイア）
岐阜県で自動車販売店に勤める。四十七歳、男性。

（＝リンジー・リンチ）

山内冬（＝ピエール・デュプリ）
山梨県出身、東京在住の大学生。二十二歳、男性。

（＝デミアン・オーウェンス）

徳峰祐太郎（＝ハリー・ブライアン）
福島県在住のフリーター。三十五歳、男性。

苣木結美（＝ローラ・モーガン）
広島県在住の高校生。十七歳、女性。

「ほんとに？」

「嘘じゃありません。私がゲームとかネットとかパソコンとかに全然疎いことは、劇団員のみんなが知っています。なあ？」

同意を求めると、タッカー家の人々——劇団員たちは一様に頷いた。

「竹本さん、スマホも使えなくて今でもガラケーなんだから」

藤木の言葉に、

「そうだスマホ！」

徳峰がポケットからスマートフォンを取り出した。

「……くそっ、やっぱり圏外か」

「それは僕も昨日から確かめてますよ」

山内が言うと、彼は面白くなさそうに顔を顰《しか》めた。

「クローズドサークルとしては定番だな。携帯電話は通じない。有線の電話もないんだよな？」

「はい」

徳峰の問いかけに、竹本が申し訳なさそうに答えた。

「電話も無線機もありません」

「じゃあ、どうやって外部と連絡してたんだ？」

「してないんですよ。送られてきた指示書には十四日に用意してある船で島に渡り準備をし、翌十五日にやってくる〝探偵〟たちを相手に芝居をするようにと書いてあるだけで」

「帰りはどうすることになってるんです？」

山内が尋ねると、

「今日、十六日の午後三時に迎えの船が来るから、それに乗ればいいとだけ」

「三時か」

彼は腕時計を見た。莧木もスマートフォンで現在の時間を確認する。十一時二十八分。

「あと三時間半か。その船で港に帰って、ついでに警察に連絡を入れよう」

宝田が半ば安堵したように言う。

「それは、どうでしょうね」

山内は首を傾げた。

「その指示書というのが本当に信用できるかどうか」

「まさか、迎えは来ないって言うのか」

「このイベントと殺人が無関係とは考えにくいです。となれば、誰も助けには来ない可能性を考慮しておくべきだと思います」

「本物のアンドリュー・タッカーは、俺たちをここに閉じ込めたままにするということか」

「そんな……」

莧木は呟く。

「そんなのって、ひどい」

「うん、ひどいね。でも、もうすでにひどいことが起きている。この先だって起きるかもしれない」

「まだ誰か死ぬというのですか」

竹本が声を震わせた。

「わかりません。この先、何があるのか予想もつかない。だからこそ、身の安全を図らなければなりません。そのために何が必要か」

山内は言った。

「大事なのは安全を確保することです。そのためには単独行動は控えるべきでしょう」

「『こんなところにいられるか。俺は部屋に戻る』なんて言わないってことだな」

徳峰の口調に茶化すようなところはなかった。

「みんなで互いを監視しながら、寝首を掻かれないように用心しようってわけだ」

「監視って、どういうことですか」

野宮が問う。

「定石じゃないか。『犯人はこの中にいます』ってやつだよ」

「そんな、まさか……」

「何をいまさら驚いてるんだ。状況からすれば一目瞭然だろうに。なあマシュー・マッキンタイアさんにピエール・デュプリさんにローラ・モーガンさん。俺たちはこれまでこんなシチュエーションに何度も何度もお目にかかってきたよな。これは紛れもなく、クローズドサークル設定のマーダーミステリーそのものだ。となれば犯人はこの中にいるとしか思えない。さて、それは誰か？

「ちょっと待ってください徳峰さん、ここで犯人当てをするべきではないと思います」

山内が言い返す。

「どうしてだ？　早いとこ犯人を見つけないと俺たち全員が危ないかもしれないんだぞ。さっきだっておまえ、安全確保が最優先だって言ってたじゃないか」

「そうです。安全の確保が一番大事なんです。だからこそ犯人当てをやっている場合じゃない。それより大切なのは、一刻も早く外部からの助けを呼ぶことですよ」

「そんなこと言ったって、電話もないし圏外だし、どうしようもないだろ」

「本当にどうしようもないのか確かめる必要があります。もしかしたら無線機とかがどこかにあるかもしれない。探すべきです」

「本気でそんなものがあると思ってるのか」

徳峰は猜疑《さいぎ》の眼を向ける。

「わかりません。でも確認はするべきだと思います」

毅然《きぜん》と言い放つ山内に、

「俺は、山内君の意見に賛成だな」

そう言ったのは宝田だった。

「とにかく情報収集が必要だ。連絡方法がないならないで、他に方法を考えなきゃならんし」

「他の方法って、何があるんだ？」

「この島を出る方法だよ。どこかに船があるかもしれんだろ」

「それもまた怪しいな。そう都合よく使えるアイテムが用意されてるかどうか」

「これはゲームではありませんよ。現実です」

　山内が言うと、徳峰はむっとした顔で、

「現実だからこそ、便利アイテムなんか当てにするなって言ってるんだよ」

「当てにしてるんじゃありません。でも、できることは何でもするべきなんです。宝田さんが言うように館の中だけでなく島の隅々を調べて、可能な方策を立てる。それが肝要だと思います」

「まだはっきりとした事情が摑めてはいませんが、ピエールさん、いや、山内さんの意見に賛成します」

　そう言ったのはクリスこと藤木だった。

「このままだと我々劇団員も島から出られない。できることをするべきです。ねえ竹本さん？」

　話を振られ、アンドリューこと竹本は当惑しながらも頷く。

「そう、ですね。もしも迎えの船が来ないのだとしたら、自分たちで脱出の方法を見つけなければならない。そのためにみんなで協力したほうがいいでしょう。それで、何をすればいいんですか」

「まずは館内の探索です」

山内は言った。

「全員で一部屋ずつ探っていきませんか。外部への連絡ができそうなものがないかどうか」

「互いに監視しながら、だな」

徳峰が応じた。

「いいだろう。まずはこの部屋からだ」

アンドリューとエミリアのスイートルームから始まり、一同は館のすべての部屋を調べていった。各人に割り当てられた部屋の中も個人の荷物以外は調べられた。しかし求めているような外部との連絡が可能なものは、何ひとつ見つからなかった。

「やっぱり駄目じゃないか」

溜息《ためいき》混じりに徳峰が言う。全員アンドリューとエミリアの部屋に戻っていた。

「ＳＯＳを送ることはできないな。どうする？」

「まだ調べてない部屋がありますよ」

山内が言うと、野宮が息を呑んだ。

「まさか……」

「そう、食堂とサロンです」

「馬鹿言うな。あそこには死体が転がってるんだぞ。入れるもんか」

中山が拒絶する。しかし山内は、

「でも入らなきゃならない。食堂内を調べることももちろんですが、ふたりの遺体も調べなければ」

「どうして？」

「どうやって死んだのかを知るためです」

「おいおい、さっきは俺に『今は犯人当てなんかしている場合じゃない』だなんて言ってたくせに、どういうことなんだ？」

徳峰の抗議に、山内は落ち着いた表情で答える。

「僕は誰が犯人かを探っている場合じゃないと言ったんです。でも自分たちの身を守るためには、ふたりがどうやって死んだのか確かめなければなりません。同じ轍を踏まないためにもね」

「しかし俺たちは素人だぞ。死体を調べたところで何がわかるって言うんだ？」

宝田が疑念を呈した。

「たしかに正確なことはわからないかもしれません。でもある程度の推測は可能でしょう。それに、まったくの素人ばかりってわけでもないですし。そうですよね、佐藤さん？」

山内は先程までエミリアと名乗っていた女性に言った。

「デミアン・オーウェンスさんの死を確認していたときのあなたの振る舞いは堂に入ってました。医療関係の方ですね？」

「……ええ、病院で医師を務めていました。昔のことですけど」

佐藤は答える。

「なんと、じゃあゲームのエミリア・タッカーと同じ設定かよ」

驚く宝田に、

「あれは偶然です。というか、医学知識を持っているキャラクターということなので、わたしが演じることになりました。でも過大な期待はしないでください。わたしは内科医です。死体を調べて死因や死亡時刻を診断するのは法医学者の仕事であって、わたしの専門外です。しかも今は、その仕事からも離れています」

「わかりました。ではできる範囲でお願いします。さて、では食堂に入るのは僕と佐藤さんの他に誰かいますか。宝田さん、お願いできますか」

「いいだろう。俺も行こう。徳峰さん、あんたはここに残って役者たちを見張っててくれ」

「見張るって、どういう意味だ？　俺たちが何かするっていうのか」

中山が心外といった表情で反発する。しかし宝田は平然と、

「何もしないと信用できるだけの根拠はないんでね。二手に分かれるときは互いのグループだけで固まるのはよくない。それはあんたたちも同じ気持ちじゃないのか。こっちは佐藤さんが入ってる。その分、そっちには徳峰さんと萱木さんが残る」

そのとき、萱木が手を挙げた。

「わたしも食堂に行く」

「おいおい、何言ってるんだ。あそこには死体があるんだぞ。あんたみたいなお嬢ちゃんが見るもんじゃない」

宝田が拒絶しようとする。しかし萱木は平然と、

「あなたにわたしを止める権利はないと思う」

と、言った。

「そ……」

宝田は言葉に窮する。

「……それはそうかもしれんが、しかしあんたが入ったって何の役にも立たんぞ」

「あなたは役に立つの？」

「いや、それは……」

またも彼は言葉に詰まった。

「わかりました。萱木さん、一緒に行きましょう」

山内が判断した。宝田はそれ以上、何も言わなかった。

そして山内、宝田、佐藤、萱木の四人がサロンを抜け、食堂へと足を踏み入れた。

そこは無音の空間だった。いくつかの椅子が倒され、テーブルには食べかけの朝食が残されたままになっている。

ふたりの遺体は床に転がったままになっていた。

う、と誰かが声を呑み込んだ。

「まず食堂内の捜索をしましょう」

山内が言った。彼らは手分けして室内を調べる。

「……やっぱり、それらしいものはないな」

宝田が渋い顔で言った。

「わかってたんだよ。食堂に通信機なんか置いてあるわけないってな。とんだ骨折り損だ」

「ないとわかっただけでも収穫ですよ」

山内は落胆していないように見えた。

「とにかく、ひとつひとつ確かめていきましょう。次は……」

と、倒れているふたりに眼を向ける。

「佐藤さん、お願いします」

「わかった。やってみましょう」

佐藤は頷き、遺体に近付いた。他の者たちもその後ろをついていく。

「おいおいお嬢ちゃん、あんた怖くないのか」

「怖い」

宝田の問いかけに、莒木は即答する。

「でも、誰かが確認しないと」

「それを女医さんに任せるんだろうが」

「ひとりで？　このひとが本当のことを言うって断言できるの？」

苣木の言葉に宝田だけでなく佐藤も表情を硬くする。

「わたしが信用できないと？」

「誰も信用できない。今はね」

「それは……でも、だからってあなたにわたしが嘘をつくかどうか確かめられるの？　医学知識もないのに」

「医学の知識はないけど、あなたが嘘をつくかどうかは見極められる。そういうのは得意」

「なんか腹が立つわね、あなた」

佐藤は眉を顰めた。

「僕も一緒に見ますよ」

山内が言った。

「ふたりより三人のほうがいいでしょ」

「だったら……俺も……」

宝田もおずおずと手を挙げたが、

「そんなに大勢で覗き込まれたって邪魔。あなたは待機して」

佐藤にあっさりと拒絶された。宝田は不満そうな表情を作っていたが、遺体に近付かなくていい口実ができて安堵しているようにも見えた。

「じゃ、見ましょうか」

佐藤は仰向けに倒れている〝デミアン・オーウェンス〟の前に屈《かが》み込む。シャツの襟を開いて喉まわりを確認したり手の爪を眺めたりした。五分ほどそうして調べた上で、彼女は言った。

「わかりません」

「何だそれ？」

離れて見ていた宝田が呆れたように言う。

「最初に言ったはずです。わたしは門外漢だって。そもそも見ただけで死因を特定できるのはドラマの中の架空の探偵だけです。あなたたちが演じてたようなね」

「自然死か他殺か、くらいの区別は付きませんか」

山内が尋ねる。

「それも難しいですが……これは感想ですけど、亡くなったときの様子からすると、即効性の毒物が使われた可能性が高いように思えます」

「即効性の毒、か。となると」

宝田はテーブルに散らばっているフライドポテトを指差す。

「毒はこいつに仕込まれてたのかな？　教授、ばくばく食ってたもんな」

「フライドポテトなら僕も食べましたよ」

山内が言った。

「他にハリー……徳峰さんも食べてたかな。でもふたりとも問題ないみたいだ。それより僕は、こっちを疑いますね」

彼は置かれたティーカップを示した。中身が三分の一ほど残っている。

「ルイボスティー。これはオーウェンス教授しか頼まなかった。ここに毒物が入れられているかもしれません」

「それに毒が入っていたとなると、犯人は飲み物を用意したレイチェルということか。なるほど」

宝田が頷きながら、

「そういえばオーウェンスが死ぬ間際、苦し紛れにレイチェルのほうを指差してたな。あれは彼女が犯人だと指し示していたわけか」

「そんなわけありません」

彼の言葉を佐藤が言下に否定した。

「野宮さんがそんなことをするわけがないです。彼女は素直ないい子です。大学に通いながらバイトをして、さらにうちの劇団員もしてるんです。とても苦労して。そんなひどいことをするわけがありません」

「素直だろうと苦労してようと、それで容疑者から外せるわけじゃない。あのお茶に毒が入っていたら、間違いなく彼女が犯人だ」

「毒なんか」

佐藤は憤然とした表情でテーブルに近付き、デミアンが使っていたティーカップを手に取った。

「おい、重要な証拠品に触るな。隠蔽なんかしたら――」

「そんなことしません。わたしは野宮さんの無実を証明するだけです。こうして」

佐藤はカップの中に残っていたルイボスティーを一気に口に入れた。

「ちょっと！」

「おい！　何するんだ！」

山内と宝田が彼女を止めようとする。しかしそれより先に佐藤は彼らを手で制した。

そのまま三人は動かない。凍ったような時間が過ぎた。

「……どうです？　わたし、死にました？」

青ざめた顔をしながら佐藤が言った。山内も宝田も萱木もそんな彼女をじっと見つめている。特に変化はないようだった。

「……わかったよ」

宝田は両手をあげた。

「そのカップに毒は入っていなかった。それは認めよう。だが、そうだとしたら一体どうやってオーウェンスは毒殺されたんだ？」

「それも謎ですが、こちらも大いに奇怪ですね」

山内がもうひとつの遺体――リンジー・リンチを覗き込んだ。仰向けに倒れた彼女の胸に突き立った銀色の棒を見つめている。

「これはやはりナイフの柄ですね」

「誰かに刺されたんだな」

デミアンと同じく、宝田はやはりリンジーには近付かない。少し離れたところから声をかける。

「そういうことです。でも、誰がどうやって？」

「誰がって……」

佐藤がおそるおそる周囲を見回す。

「あのとき、ここには、この食堂にはわたしたちしかいなかった」

「そうですね。でもたしかにオーウェンスさんに気を取られて、僕はリンジーさんのほうは見てなかった。誰か見てたひと、います？」

山内の問いかけに、佐藤も宝田も莨木も首を振る。

「誰も見てなかったですか。しかたないな」

「向こうの連中にも訊いてみよう。もしかしたら誰か何か見てたかも」

「そうだといいんですけどね。望みは薄いかな」

「どうしてそう言いきれる？」

「リンジーさんが刺されるところを見てたらさっき言ったはずですよ。『あいつが殺した』って。でも誰も言わなかった」

山内の言葉に反論はなかった。四人の間に沈黙が落ちた。

「……もう行こうぜ」

宝田がその沈黙を破った。

「こんなとこに突っ立っていたって何もわからん。引き揚げよう」

誰も反対しなかった。四人は他の者たちが待つアンドリュー夫妻の部屋に戻った。

「どうだった？　無線機とやらはあったのか」

徳峰が尋ねてくる。

「あるわけないさ」

宝田が答えると、彼は渋い顔をして、

「なんだ、結局何の意味もなかったんだな」

「まったく何も、というわけではありません」

山内が言った。

「ふたりの死について、いくらかの推測が可能になりました」

彼は遺体を調べた結果については説明した。しかし徳峰は不満そうに、

「みんな推測かよ。そんなもの何の役に立つのやら。誰がどうやってあの男に毒を盛ったのかもわからないし、どうやってあの女の胸にナイフを突き刺したのかもわからないんだろ？」

「それは認めます」

山内は小さく両手を挙げて、降参のポーズを取る。

「ルイボスティーに毒が入ってると思ったんだがなあ」

宝田がなぜか口惜しそうに言う。

「それなら毒を盛ったのがレイチェルだとわかったのに」

「わたしじゃありません！」

野宮が、むきになって言い返した。

「わたしがそんなこと、するわけないじゃないですか！」

「大丈夫。それはわたしが証明してあげたから」

佐藤が彼女を援護した。宝田は黙って肩を竦める。

「毒の件もそうだが、ナイフのほうも厄介だな」

徳峰が腕組みをする。

「あのとき……」

菅木が独り言のように、

「……みんなオーウェンスさんのことで大騒ぎして、誰もリンチさんのことを見てなかった。だからあのとき何が起きたか、誰も知らない」

「たしかにそうだね。みんな彼女を見てなかった」

山内が菅木の言葉に同意した。

「でも他の誰かが食堂に入ってきてナイフを振りかざしたりしたら、さすがに気が付くはずなんだけどな」

「そんな奴、いなかった。絶対に」

中山が言い切る。

「そう断言できるかな」

藤木は懐疑的な表情で、

「みんなあのとき、大騒ぎしてたから、どさくさにまぎれてそっと食堂内に入ってきたとか、あるかも。だって隣のサロンとの間にはドアがないんだから」

「それは……」

言いかけた三木サユリが口籠もる。それを藤木が見咎《みとが》めて、

「どうしたの？　言いたいことがあるなら、ちゃんと言ったほうがいい」

と促した。三木はためらいながらも、

「わたし、あのときサロンから食堂への入り口のところに立ってたんです」

「あのときって、オーウェンスが倒れたとき？」

「はい。とっさに離れようと思って入り口のところまで行って、でも逃げていいのかわからなくて立ち止まって。それからリンチさんが倒れるまでそこから動きませんでした。だから、誰も出入りしなかったの、知ってます」

「でも、出入り口はふたつあるぞ。君はどっちに立っていた？」

「北側の、窓寄りのほうです」

「じゃあ、もうひとつのほうから入ってきたのに気付かなかったってこともあるんじゃないのか」

「それは、ありません。わたし、もうひとつの出入り口のほうを向いて立ってましたから。そこから誰か入ってくるのなんて見ませんでした」

「見なかった。それとも……」

萱木が呟くように言った。

「それとも、何なのかな?」

山内が尋ねると、彼女は、

「犯人が誰にも見えなかったとしたら?」

と、問い返した。

「見えないって、そんな馬鹿なこと」

佐藤が呆れたように言う。

「そんなひと、いるわけがないでしょ」

「いる。ひとりだけ」

萱木は断言するように、

「あいつなら、誰にも見られずにサロンどころか食堂にだって入ってこられる。そして堂々とリンジーさんを殺せる」

「あいつって、まさか」

宝田が半笑いになる。

「お嬢ちゃん、あんたリアルとフィクションがごっちゃになってるぞ。自分が何を言おうとしてるのかわかってるのか」

「わかってる」

萱木は彼の揶揄を制して、

「でも、他に考えられない。ここには彼がいる。〝見えないジョー《インビジブル・ジョー》〟が」

3

「馬鹿な」

吐き捨てるように言ったのは、徳峰だった。

「いくらなんでも、あり得ない。常識で考えてみろよ」

「常識なんて、もうこの島では通用しないと思う」

荳木は言い返した。

「ここは外の世界とは違う。そのことは認めないといけない」

「世迷い言だ」

宝田もまともには受け取らない。

「そんなもの、本当にいるわけないだろ。何考えてるんだ」

「じゃあ、あのふたりはどうやって殺されたの？」

「それはさっき話したじゃないか。オーウェンスは誰かが仕込んだ毒で死んだ。リンチはサロンに忍び込んだ奴に刺された。ケイトリン、じゃない、三木さんが食堂に誰かが入ってくるのを見落としたのかもしれない。きっと俺たち以外にこの島には誰かが潜んでいて、そいつがやったんだ。ああそうか、そいつが俺たちをこの島に誘《おび》き寄せた張本人、本物のアンドリュー・タッカーなんだ」

「わたしたち以外に誰かがいる、というのは同意見」

萱木が言葉を返す。

「そのひとが〝見えないジョー〟かもしれない。そのひとがアンドリュー・タッカーかどうかはわからないけど」

「そんなのあり得ないって何度言ったら――」

「あの」

徳峰の言葉を佐藤が遮った。

「先程から話に出てくる〝見えないジョー〟というのは、何なの?」

「フィクションだよ。ただの妄想。気にすることなんかない」

宝田が答えた。

「でも……」

納得できないという顔付きでいる彼女に、今度は山内が言った。

「〝見えないジョー〟の本名が何なのか、わかりません。性別だって不明です。〝ジョー〟という名前は男性にも女性にもありますしね。そしてどんな容貌かもわからない。なんたって彼あるいは彼女は、その通称のとおり、見えないのだから」

「見えないって、どういうこと?」

「言葉どおりの意味ですよ。彼の姿を見ることはできない。いわゆる透明人間です」

「透明……そんな、まさか」

「そのまさか、なんです。ジョーは誰にも見えない。だから忍び寄っても気付かれない。密かに毒を盛ったり、ナイフで刺したりすることも可能なわけです」

「じゃあ、あのふたりは透明人間に殺されたと？」

「違うって」

宝田が言い捨てた。

「山内君が誤解されそうな言いかたをしてるのがいけない。何度も言うように〝見えないジョー〟はフィクションなんだ。小説に登場するキャラクターなんだよ」

「小説？」

「そう。河竹瑛《かわたけあきら》の小説」

「河竹瑛って……あの？」

声をあげたのは、三木だった。

「知ってる？　知ってるよな？」

「ええ、有名ですから。一時期すごいニュースになったし」

「そうだな。日本中、彼の話題で持ち切りだった時期があった」

「私は、あまりよく知らないんですが」

竹本が心苦しそうに、

「どんなひとなんですか、河竹瑛って？」

と尋ねると、山内が答えた。

「BLISS《ブリス》って六人組男性アイドルグループのメンバーですよ。小さな芸能事務所に所属してたんだけど、ネットの動画配信で評判になって全国的に知られるようになって、結構ヒット曲もあったし、一時期はテレビにもよく出てたと思います。そのリーダーが河竹瑛。彼にはアイドルの他にもうひとつ、作家という顔もありました」

「芸能人が調子に乗って本を出すって、あれだよ」

徳峰が毒づく。

「時には賞を取る奴もいるが、一時期評判になっただけで消えていく奴もいる。河竹は後者のほうだったね」

「その点については異論がありますけど、今は論評を避けましょう」

山内は話を続けた。

「河竹瑛が出した本は、じつは長編のミステリでした。『赤死島《せきしとう》の惨劇』というタイトルで、孤島に集められた男女が次々に殺されていくという物語でした」

「それって……」

「そう、今のこの状況とよく似ています」

「似てるどころか、そのまま」

荳木がコメントする。

「まあ、それも解釈次第ですけどね」

山内は軽く肩を竦め、

「とにかく、彼の作品では密室で次々と殺人事件が起きる。最初十二人いた登場人物はひとりひとり殺されていき、最後にふたりの人物が残る。こうなるとどちらかが犯人だ。誰でもそう思う。残ったふたりは互いに相手を犯人呼ばわりして争う。そしてとうとう互いに命を奪い合ってしまうんです。島にやってきた十二人全員が死んで、しかしここで作者はとんでもない秘密を暴露します。その島にはもうひとり、姿の見えない人物がいたんです」

「それが〝見えないジョー〟ですか」

「そうです。すべてはそのジョーによる犯行であることが明かされます。密室と思っていた現場には、実際には透明人間のジョーが潜んでいて、犯行に及んでいたというわけです。〝見えないジョー〟は残ったふたりが互いに相手を疑い殺し合った後、ただひとり生き残って島を去るのでした。おしまい」

「それは……ちょっとばかり」

「ひどいだろ」

宝田が肩を竦めた。

「古今東西、こんな結末のミステリなんか読んだことがなかった。いやもう、噴飯ものとはこのことだったよ。心あるミステリ愛好家から囂々《ごうごう》の非難を浴びせられたのも、当然のことだな」

「僕はそこまで酷いものとは思いませんでしたけどね」

山内が反論した。

「たしかにトリックとしては首を捻《ひね》りますが、次々と殺人が起きて島にいる人間が疑心暗鬼に駆られるところとか、サスペンスが効いていて読ませられましたよ。〝見えないジョー〟のキャラも河竹瑛自身が『〝見えないジョー〟とは僕のことだ』と言ってたくらい思い入れが強いだけに、結構面白く書かれてましたし」

「どんな作品でも褒めようがあるってことか」

徳峰は唇を歪ませる。

「じゃあ、あの件はどう思った？　クリスティの」

「ああ、あれはさすがに、あちこちからディスられましたね」

「あれって？」

佐藤が尋ねる。

「孤島で連続殺人が起きる、となれば誰でもアガサ・クリスティの『そして誰もいなくなった』を思い出しますよね。河竹瑛の作品でも文字どおり、誰もいなくなってしまう。その点がクリスティの作品に類似している、というかパクったんじゃないかという非難もされたんです。まあ、孤島もののミステリを書いた作家に対しては浴びせられがちな批判なんですけどね。それについて河竹瑛自身がＳＮＳで反論したんですが、そのときに彼が言ったのが『そんな昔の古臭い小説、読んでもいないから真似なんかできるわけないでしょ』というものでした。それがまた問題になったわけです」

「どうしてですか。読んでないなら真似もできないというのは、至極まともな反論だと思いますけど？」

竹本が疑問を呈すると、

「そこじゃないんだよ」

と、宝田が怒りだす。

「いいか。仮にも孤島を舞台にした本格ミステリを書こうって人間が、よりによって『そして誰もいなくなった』を読んでないなんて、そんなことが許されると思うか」

「いけない、のですか」

「決まってるだろ！」

「当たり前だ！」

宝田と徳峰が同時に声をあげた。徳峰が続けて、

「芝居で例えれば『ウエスト・サイド・ストーリー』を上演するのに『ロミオとジュリエット』を知らないで平気な顔してる、みたいなもんだ」

「ああ、原典に当たらないで下敷きになった作品を演《や》るわけですか。それはでも、ありかな」

「え？　ありなの？」

宝田が驚く。

「場合によりますけどね。演劇って元ネタになった作品って結構あるんで、いちいち全部観てられないっていうか」

「それならミステリだって同じだよ。先人の成果の上に積み上げられてきたんだから。だからってね、古典中の古典、今でも普通に書店に並べられてて売り上げランキング上位に入るような名作を、同じ趣向の作品を書いておきながら読んでないって胸張って言っていいのかよってことだ」

「作品の優劣以上に、河竹瑛のそういうミステリを馬鹿にした態度が非常識だったんだよ」

徳峰が言葉を継いだ。

「河竹がとんでもない大金持ちの息子で、世界のあちこちに別荘をいくつも持ってるって自慢したのも反感を買ったんだよな。それでまあ、猛バッシングが起きたわけだ」

「『赤死島の惨劇』はベストセラーになりましたが、書評家やミステリ愛好家の評価は散々でした」

山内がその後を続けた。

「当然だけど年末のミステリ・ベストテンにも入らなかった。ミステリ好きの間であの作品のことを少しでも褒めたら、あちこちから反撃されかねない状況でした。さっきの僕みたいにね。特にSNSでの炎上がひどくて、それが嫌になったのか河竹瑛はもう小説は書かないという宣言をしました。刊行が予定されていた次回作も封印し、原稿のデータは消去してしまったと」

「あんな奴が書いたもの二度と読まされなくて、ほっとしたよ」

徳峰が毒づく。

「読めなくなって落胆したファンも大勢いましたよ」

山内の指摘を彼は鼻で笑い、

「そんなミステリのミの字もわからん奴らのことなんか、どうでもいい。とにかく俺はせいせいしたね」

「それも見解の相違ですかね。とにかくそんな事情で河竹瑛はミステリ界から去った。それだけでなく、程なく彼は芸能界からも消えてしまった。BLISSからの脱退と引退を発表したんです。そのBLISSも、それから程なく解散しました」

「私が聞いたのも、その引退の話です」

三木が言った。

「知り合いに彼のファンがいて、すごくショックを受けてました。突然だったみたいですね」

「そうです。河竹瑛はそれきり姿を消してしまった。二年前のことです」

「その河竹というひとの書いた小説と、私たちが直面している出来事が似ているというのですね」

竹本は話を戻す。山内は頷いて、

「さっき言ったように皆さんが演じたマーダーミステリーでのトミー・タッカー殺しは、『赤死島の惨劇』で描かれている第一の事件とまったく同じ状況です。小説の中での第二の事件は毒殺。これもデミアン・オーウェンスの死と同じ。そして第三の事件、作中でも女性がナイフで刺されて死ぬんです」

「似てるどころか、まったく同じじゃないですか」

「ええ。それ以降はどうなるか、まだわかりませんけどね」

「まだって、ちょっと待ってくださいよ。この先もまだ何かあるって言うんですか」

藤木が顔色を変えた。山内は複雑な表情で、

「それは、わかりません。そもそも今回の事件が河竹瑛の小説に準えられていると決まったわけでもないですから」

「でも、そんなにも似てるわけですよね？　小説のほうでは、この後はどうなるんですか」

「次はたしか――」

「撲殺《ぼくさつ》」

荁木が言った。

「頭を殴られて、死ぬ」

ひっ、と三木が声を洩らす。

「そんな死にかた、やだ」

「誰だって嫌だな、それは」

中山が気楽な口調で言った。

「でも防ぐ方法はある。誰にも殴られなきゃいいんだ」

「そして誰からも注意を逸らさない」

宝田が言った。

「誰ひとり、信用してはならない」

「まるで、この中に犯人がいるみたいな言いかたですね」

藤木の言葉に、彼は鋭い視線を向ける。

「用心に越したことはないだろう。少なくとも今、ここにいる者以外の人間が島内にいるという確証はない。となれば誰ひとり安易に信用はできない」

「しかし……」

「議論はやめましょう」

言い募ろうとする藤木を制して、山内が言った。

「僕たちは運命共同体です。目的はひとつ、無事にこの島から出ること。そのために協力しましょう」

「簡単に言うな！　協力ったってな、島から脱出する方法なんかないだろ」

徳峰が食ってかかってきた。

「まあ、そうなんですけどね」

山内はあっさり認める。

「でもまだ館の外も調べていないし、迎えの船が来ないと決まったわけでもないですから。やれることはありますよ」

「やれることといえば」

と、佐藤が割り込んできた。

「食堂のご遺体ですけど、あのまま放置しておくのは忍びないのですけど」

「警察が来て検視するまで、現場保存しておくのが常識だろ」

宝田が言う。しかし佐藤は納得いかない様子で、

「それは承知しています。でも、あのままにしておくなんて、あまりに酷くないですか。せめてどこかに安置してあげるとか」

「死体を動かすっていうのか。そんなことをしたら、後で面倒なことになるぞ。警察に何と言われるか」

「警察よりも亡くなったふたりの尊厳のほうが大事です」

佐藤は譲らない。

「あなただって、もし自分があんな目に遭ったら、ほったらかしにされたくないでしょ」

「縁起でもないこと言うな。俺まで殺されるっていうのか」

「そうは言ってません。わたしはただ――」

「わかりました」

山内が間に入った。

「じゃあせめて、遺体にシーツでも掛けておきましょうよ。それでどうでしょうか」

彼の提案は佐藤にも宝田にも受け入れられた。しかし野宮の話では、ここには予備のシーツはないとのことだった。

「だったらしかたない。ベッドから引き剝がして使おうよ」

　中山が言った。

「リンチさんとオーウェンスさんの部屋から持ってくればいい。そうだ、ついでに彼らの荷物を調べてみよう」

「おいおい、いくら亡くなったからって勝手に個人のものを探るのは——」

「必要なことだよ」

　彼は宝田の抗議を遮る。

「あのふたりのことは、役名以外何も知らない。どうして殺されたのかもわからない。彼らの荷物を調べて素性《すじょう》を知ることができたら、何かわかるかもしれない。それは俺たちの身を守ることにも繫がる。そうは思わないか」

「それは……どうかなあ」

　宝田は懐疑的なようだったが、

「だがまあ、何もわからないよりはいいか。彼らのことをずっとリンジーとかデミアンとか呼んでるのも白けるしな」

　彼が同意すると、他に中山の提案に反対する者はいなかった。

「ではまた、二手に分かれよう。それぞれリンチさんとオーウェンスさんの荷物を調べて、彼らのベッドからシーツを持ってくる。いいな」

　食堂探索のときと同じく、山内、宝田、佐藤、荳木の組と、徳峰、竹本、中山、藤木、野宮、三木の組に分かれることになった。

リンジー・リンチの部屋は廊下に出て突き当たり右側。デミアン・オーウェンスの部屋はその隣にあった。山内たちの組は竹本の持つマスターキーでドアを開けてもらい、デミアンの部屋に入った。ベッドの上にはくしゃくしゃの掛け布団がそのままになっていて、そこで人が寝たことを示していた。佐藤がそれを床に落とすと、荁木とふたりがかりでシーツを引き剝がす。

その間に山内と宝田はクローゼットを開く。中は先程の探索で確認済みだった。目的は中に押し込まれている黒い合皮のボストンバッグだ。使い込んでいるバッグの口を開くと、山内が中を漁《あさ》る。出てきたのは黄色い長財布だった。

「金運目当てかな」

「え？」

「黄色い財布って金が貯まるって言うじゃないですか。風水とかで」

山内が財布を開く。カードポケットに運転免許証が収まっていた。そこに記されている彼の本名は剣崎耀司《けんざきようじ》、四十二歳。住所は神奈川県横浜市とあった。一緒に入っていた名刺からすると、同じく横浜にある不動産会社で係長をしているらしい。

免許証の他には書店やドラッグストアなどのポイントカードなどが数枚収められていた。現金は四万四千円と硬貨。

「他には特に目ぼしいものはないみたいだ」

山内が結論付けた。

「それにしても、なんだか哀れね。こんな島で命を落とすなんて」

佐藤が、ぽつりと言った。

「わたしたちも、そうなるのかしら」

「あんた、いちいち縁起でもないことを言うんだな。いい加減にしてくれよ」

クローゼットを探っていた宝田が苦々しげに抗議すると、

「大丈夫。わたし言霊なんて信じてないから」

と、彼女は軽くいなした。

ちっ、と舌打ちをした宝田はクローゼットに掛かっていた剣崎の服を探っていたが、

「おや？」

ジャケットの内ポケットから封筒をとりだした。

「やけに分厚いが……なんと」

中身を抜き出した。一万円札の束だった。

「新札で三十二枚ある。なんでこんな大金を持ってるんだ？」

「現金主義というわけでもないでしょうね。財布にはクレジットカードもあったし」

と、山内。

「でも気になるのは、現金よりこっちです」

彼が指差したのは紙幣が入っていた封筒だった。

「これ、銀行のATMのところに置いてある封筒ですよね。関銀行《せきぎんこう》……？　聞いたことないな。どこの銀行だろう？」

「福島だ」

宝田が即答する。これには山内も驚いたように、

「どうして知ってるんですか」

「うちの会社、福島にも支店がある。俺、本社に勤めてたとき経理にいてさ、各支店の取引銀行のこともよく知ってる。関銀行ってのは福島県内にしか店舗を持たない本当に小さな銀行だよ」

「そうなんですか。でも、じゃあどうして横浜に住んでる剣崎さんが関銀行の封筒を持ってたんだろう？」

「三十二万円もの金を入れてな。なかなか考えさせてくれる」

宝田は意味ありげに言った。

「で、この金、どうする？　持ち主が死んじゃったんじゃ使えないだろ。もらっておこうか」

「駄目ですよ。それ立派な窃盗です」

「冗談だよ」

宝田は笑いながら現金を封筒に戻し、剣崎のジャケットに収めた。

「さて、ここで調べられることはもうないな。向こうの組と合流しようや。訊きたいこと

竹本伸介（＝アンドリュー・タッカー）
劇団「蒼茫座」の主宰者。

佐藤パメラ（＝エミリア・タッカー）
劇団「蒼茫座」の劇団員。

中山亨（＝トミー・タッカー）
劇団「蒼茫座」の劇団員。

三木サユリ（＝ケイトリン・タッカー）
劇団「蒼茫座」の劇団員。

野宮明美（＝レイチェル・ヘルムスリー）
劇団「蒼茫座」の劇団員。

藤木滝雄（＝クリス・ヘルムスリー）
劇団「蒼茫座」の劇団員。

宝田久英（＝マシュー・マッキンタイア）
岐阜県で自動車販売店に勤める。四十七歳、男性。

柿沼早苗（＝リンジー・リンチ）
愛知県在住の予備校講師。三十二歳、女性。

山内冬（＝ピエール・デュプリ）
山梨県出身、東京在住の大学生。二十二歳、男性。

剣崎耀司（＝デミアン・オーウェンス）
神奈川県在住の不動産会社勤務。四十二歳、男性。

徳峰祐太郎（＝ハリー・ブライアン）
福島県在住のフリーター。三十五歳、男性。

苣木結美（＝ローラ・モーガン）
広島県在住の高校生。十七歳、女性。

もあるし」

宝田の提案に同意して全員が部屋を出ると、ちょうどリンジー・リンチの部屋を捜索していた組も出てきたところだった。みんな、ひどく硬い表情をしている。

「どうした？　何かわかったか」

宝田が尋ねると、

「ああ、わかったというか……」

徳峰が言いかけた言葉を飲み込み、それから話しはじめた。

「リンジー・リンチは本名柿沼《かきぬま》早苗《さなえ》、三十二歳。住所は愛知県豊田市。バッグに入ってた身分証によると、地元の予備校で講師をしてたらしい。ＭＢＡを取得してるかどうかまではわからんが」

「あんなのキャラ設定に決まってるだろ。俺だってスコットランドヤードに勤務した経験はないんだから。他に何かわかったことはないか」

「それが……」

「なんだ？　さっきから勿体ぶって」

「そうじゃないんだ。じつは、とんでもないものがあった」

そう言って彼が取り出したのは、数枚の原稿用紙だった。文字が書かれている。

「なんだ？　リンジー、じゃない柿沼の書いたものか」

「いや、書いたのは多分、彼女じゃない。読んでみろ」

言われるまま、宝田は最初の一枚に眼をやる。そこには一行だけ、書かれていた。

『赤手蟹島《あかてがにじま》の惨劇』……これ、河竹瑛の本、ではないな」

「あれは『赤死島の惨劇』だ。こっちは『赤手蟹島』、たぶん、この島のことだ」

「ああそうか……いや、たしか『赤蟹島』だったろ？　『手』の字は余分だな」

「そうじゃない。続きを読んでみればわかる」

徳峰に言われ、宝田は原稿をめくる。その次も一行だけ。

「『アンドリュー・タッカー　著』だって？」

「驚くのはまだ早いぞ。その次を読んでみろ」

「何が書いてあるんですか。私にも読ませてください」

竹本が後ろから覗き込む。

「ちょっと待ってくれ。俺が読んでからだ」

「気になるなあ。朗読してくれよ。そうすればみんな、中身がわかる」

中山に言われ、宝田は渋々ながら読み上げはじめた。

4

——赤手蟹はベンケイガニ科に分類される中型の蟹である。甲羅の幅は三十センチ程度で灰褐色《はいかっしょく》、そして名前のとおり、ハサミは燃えるような赤色をしている。蟹なので鰓呼吸《えらこきゅう》を必要とするのだが、体内のわずかな水から酸素を取り入れるため、陸上で活動することが可能となっている。ちなみにインド洋周辺に生息するクリスマスアカガニも陸上で生息できるがオカガニ科に属している、という話は、読者諸氏は多分もう聞かされていることだろう。

蟹は雑食性の生き物だ。動物の死骸《しがい》から植物まで、何でも食べる。これは重要な点だから覚えておいてほしい。

赤手蟹島は瀬戸内海に浮ぶ無人島である。戦前の一時期、広島から数家族が移住して漁場としたことがあったが、いるのは食用に適さない赤手蟹ばかりで、思ったほどの漁獲量を確保することができず、程なく撤退した。以来長年に亙《わた》って人の近付かない島となっていた。

そこにわざわざ屋敷が、しかも豪勢な洋館が建てられたのは、平成の終わり頃だった。施主は昭和のバブル期に土地転がしで巨万の富を得た親族から遺産のすべてを相続した人物だ。

その人物は手にした有り余る金を自分の趣味に費やすことにした。その趣味とはミステリだった。古今東西の名作を読み漁り、稀覯本を蒐集し……というと、誰かを思い出さないだろうか。そう、アンドリュー・タッカーだ。彼のプロフィールは、その人物から拝借したものだ。なのでその人物のことも仮にタッカー氏と呼ぶことにしよう。

タッカーのミステリ熱は使っても使っても減らない資産を燃料として、ますます燃え盛った。タッカーはミステリの舞台として典型である〝孤島の洋館〟を手に入れたいと考えたわけだ。金さえあれば島を買うことも、そこに豪勢な館を建てることもたやすいことだった。

タッカーが手に入れたのは瀬戸内海の小島だった。赤手蟹島と名付けたのもタッカーだ。島のあちこちに赤手蟹がいるから、というのが命名の理由だが、正直なところ自分自身でも独創性に欠けると考えている。


ところでタッカーにはミステリの他にもうひとつ、心血を注いできたものがある。これは趣味というより妄執《もうしゅう》と呼ぶべきかもしれない。タッカーは幼い頃からひとつの願望に囚われてきた。

そのきっかけとなったのは、幼少期のある体験だった。当時から人と交わることを厭《いと》い、本やテレビ番組に没頭する柔弱な子供であったタッカーは、近所の悪餓鬼どもの恰好の餌《え》食《じき》であった。餓鬼どもは事あるごとにタッカーを苛めた。ひ弱なタッカーは反撃することも叶わず、ただ屈辱と怒りを溜め込むばかりだった。

そんなときタッカーはテレビであるドラマを観た。若い学者が生物の体を透明にする薬を発明し、自らが実験台となって透明人間となり、自分の研究を馬鹿にしてきた他の学者や失恋の痛みを味わわせた女性に悪戯を仕掛けるというものだった。基本がコメディだったので悪戯も他愛のないものばかりだったし、最後には悪事が露顕《ろけん》して若い学者は懲らしめられるという結末だった。しかし幼いタッカーはそのドラマに強い衝撃を受けた。透明になること、それが万能の力を得ることのように思えたのだ。透明人間になれば、自分を虐げてきた奴らに復讐できる。それだけではない。きっと何だってできるようになる。

そうしてタッカーは、誰にも見えない存在になりたいという強い願望を抱くようになった。その欲望は長じてからも衰えることはなく、いや、ますます強くなっていった。

タッカーの有り余る資産のほとんどは、じつはこちらの研究に費やされてきた。透明人間化の研究をしている機関や研究者に援助を惜しまず、開発を続けさせてきたのだ。

透明人間になることなど無理に決まっている、と常識的な者ほどそう思うだろう。もちろん、飲めばたちどころに体が透明になる薬などあろうはずがない。しかしタッカーが支援してきた技術は、そういう夢物語ではない。もっと現実的なものだ。

光学迷彩、という言葉を聞いたことはないだろうか。電磁メタマテリアルと呼ばれる、光に対して負の屈折率を持つ新しい素材を用いることで物体の表面で光を迂回させ、反対側に突き抜けさせることで光が透過するかのような状態を生じさせる技術だ。この素材で全身を包めば、肉眼での視認ができなくなる。いわゆる透明マントというやつだ。軍事的な面からの需要もあって多くの研究者が研究開発を進めているが、今のところ実用化に至るほどの成果は上げられていない、とされている。

しかしタッカーが支援する研究者グループは開発に成功した。着用者の姿をほぼ完全に不可視化するマントを完成させたのだ。

タッカーはその発明を秘密にした。いずれは発表して製品化する計画ももちろんあるが、まずはこの透明マントを自分だけのものにして予てからの目的を達成したかった。

タッカーの目的、それはもはや幼少期の苛めに対する復讐などではなかった。いや、それよりもっと非道なものかもしれない。

タッカーが透明人間になりたいと願った一番の理由、それは誰にも見咎められることなく犯罪を実行することだった。といっても既に飽きるほどの資産を手にしているタッカーのことだから、金品を密かに盗み取るといったことに興味はない。本当に実行したかった犯罪とは、ずばり、殺人だ。

タッカーは大のミステリマニアではあったが、何冊もの本を読んでいくうちに自覚したことがある。自分が本当に魅せられていたのは一般のミステリ好きのように謎解きや名探偵の活躍ではなく、犯罪行為、それも究極の犯罪である殺人という行為だったのだ。タッカーが『盲獣』や『吸血鬼』といった江戸川乱歩の通俗長編を偏愛するのも、殺人の一部始終を執拗《しつよう》に描写する、その変態的な筆致に魅入られていたからだった。そして乱歩作品の登場人物と同じように、ただ読んでいるだけでは飽き足らなくなってしまった。どうしても自分の手で人を殺してみたくなったのだ。

透明人間という奇手を得て、タッカーは躊躇することなく願望を実現すべく、行動を開始した。

舞台はすでに用意されていた。そう、自らが建てた孤島の洋館ほど殺人に相応《ふさわ》しい舞台はないだろう。

次は犠牲者だ。島に呼び寄せる人間を選出しなければならない。そのためにタッカーはインターネットを利用した。オンラインのマーダーミステリーをプレイできるサイトを作り、そこに愛好家を招き入れた。謎を解いた者には賞金を出すという触れ込みで、普通にゲームを楽しませながら、タッカーは参加者たちをじっくりと観察し、その素性を調べ上げた。難しいことではなかった。参加者の多くが呆れるほど簡単に自分の個人情報を——自身でも気付いていないくらい無防備に——手渡してくれた。これによって候補者選びも容易に行えた。家族や親族から離れて生活し普段から連絡を取っていないこと、無料で島に招待するという突飛な申し出にも無警戒に応じそうな人間であること、そしてなによりミステリ好きであること、それが条件だった。

なぜミステリ愛好家であることが犠牲者の条件なのか。じつはタッカーは自分以外のミステリマニアを憎悪していたのだ。詳細は詳らかにはしないが大学のミステリ研究会に所属していた頃、マニアの連中にひどく屈辱的な仕打ちをされたことがあった。今回の選定にはその報復を兼ねているという面もある。

この計画ではもう一組、島に招き入れることになる者たちがいる。しがない小劇団の劇団員たちだ。彼らは今回のイベントのため、タッカーによって雇い入れられた。彼らに対しては特に恨みはない。しかしこういうクローズドサークルに足を踏み入れた以上、彼らにも犠牲者の役柄を担ってもらわなければならない。


ここまで記せば、もうおわかりだろう。今、その館に集まっている君たちは、そうやってタッカーに招き入れられた犠牲者なのだ。

この文章が読まれている時点で、既にふたりの犠牲者が出ている。そうだろう?

最初の人物に毒を盛るのは、それほど難しいことではなかった。透明マントに身を包み、そっと背後から彼の食べるものに毒物を振りかければよかっただけのことだ。

ふたりめの犠牲者も同じ。最初の犠牲者に皆さんが右往左往している間に、こっそりと透明マントを纏《まと》い、彼女の胸にナイフを突き刺した。

じつに簡単な仕事だった。


犠牲者は、まだ続く。そして誰もいなくなるまで。

逃げることはできない。すでに調べただろうが、この館から外部に連絡する手段はない。

そしてタッカーは君たちを虎視眈々《こしたんたん》と狙っている。透明マントを纏って。

君たちにとっては絶望的な状況だ。そしてタッカーはこの状況を存分に楽しんでいる。

このままなら、君たちは確実に命を落とすだろう。そして次に出番となるのは、島に無数に生息する赤手蟹たちだ。

蟹は雑食性の生き物だ。動物の死骸から植物まで、何でも食べる。

君たちの遺骸は、いずれ骨だけにされるだろう。


しかしながら、一方的に殺されていくだけでは君たちも快《こころよ》く思わないかもしれない。

なので、タッカーからひとつの提案がある。

マーダーミステリーの続きをしよう。

君たちは昨夜、『赤蟹島の惨劇』と題されたゲームに参加していた。問題はすでに提出されている。誰がトミー・タッカーを殺害したか。

その謎を解いてもらいたい。

もしも正解に辿り着けたなら、その時点で残っている者の命を助けよう。

制限時間は、本日の午後三時までとする。サロンの大時計が君たちの命運を握っているわけだ。時計がその時刻を告げるまでに解決できなければ、それ以降、君たちの命の保証は、ない。

悪い提案ではないと思うが、どうだろうか。

では、健闘を祈る——。

5

「……何なんだ、これ」

書かれている文章を全部読み上げた後、宝田は戸惑いの声をあげた。

「これ、どこにあった？」

「ベッドの上だ」

徳峰が答える。

「無造作に放り出されていた。書かれている内容からすると、剣崎と柿沼が殺された後に書いたんだろうな」

「一体、誰がこんなものを？」

「そりゃもちろん、本物のアンドリュー・タッカーだ。その手記だか脅迫文だかには他人事みたいに『タッカー』とか書いてるけど、本人でなきゃわからない内容が書かれてるからな」

「そのタッカーが透明マントを羽織《はお》って殺人をしているって？　そんな馬鹿な話、信じられるか」

「僕もそんな話、にわかには信じがたいですね」

山内も訝《いぶか》しげに首を捻る。

「ちょっとそれ、僕にも読ませてください」

宝田から原稿を受け取ると、彼は黙読を始めた。徳峰はそれを横目に、

「とにかく、これを書いた奴がいるってことは確かだ。そいつがふたりを殺したってことだもな。方法はまだわからんが、用心に越したことはない」

「なぜだ？　なぜ私たちまで殺そうとするんだ？」

呻くように言ったのは、竹本だった。

「私たちはただ芝居をするためにここに来ただけだ。何も悪いことはしていない。その手紙の主に恨まれる筋合いもない。なのにどうして……」

「狂ってるんだよ」

中山が苦々しげに吐き捨てる、

「どう考えても狂ってる。こんなことを実行しようなんて考える奴がまともなはずがない」

「このひと、本当にわたしたちも殺す気なのかしら？」

三木が怯える。

「わからないわね」

佐藤も表情こそ冷静だが、声は硬かった。

「でも、あまりいい状況でないことは間違いないみたい」

「いやよ！　そんなのいや！」

野宮が髪を掻きむしりながら喚く。

「こんなところで死にたくない。わたし、来週オーディションがあるの。受かったら映画に出られるのよ。このチャンスを絶対に逃したくない。生きて、生きていたい……」

藤木がそんな野宮の肩を抱く。

「大丈夫。きっと助かるよ。何か方法があるはずだよ」

野宮は彼に縋りついて泣きはじめた。

「俺だって泣きたいよ」

宝田がうんざりといった顔で言う。

「でも泣いたってしかたない。助かる方法を考えないと。アンドリューの奴、なんて言ってたっけ？　マーダーミステリーの続きをするって？」

「そう。昨夜の茶番の続きだ」

徳峰が答える。

「誰がトミー・タッカーを殺したか、謎を解けってさ。それができたら助けてくれるそうだ」

「そんなの、信用できるのか」

「わからんよ。だが、あいつはどうやらここでゲームをしているつもりでいるようだ。ゲームである以上、ルールに従うだろう。それが自分で作ったルールでもな」

「じゃあ、謎を解いたら助かるんですね？」

三木の声音に活気が戻った。徳峰は頷いて、

「まずはそれを信じてみるしかないな」

そして腕時計を確認する。

「十二時四分か。制限時間まで、あと三時間足らずだ。ぐずぐずしてる暇はない。始めようか」

6

「事件を整理しましょう」

山内が言った。一同はアンドリュー・タッカーの部屋に戻り、ソファや椅子を丸く並べて座っていた。

「今朝、トミー・タッカーの遺体が彼のベッドの上で発見されました。彼は俯せの状態でベッドに横たわり、背中を刃物のようなもので刺されていました。凶器は室内にありませんでした。医師であるエミリアさんの見立てによると死亡推定時刻は昨夜九時から十一時の間。遺体には争った形跡がなく、背後から急に襲われたものと考えられます。トミー氏がベッドに向かって立っていたときに襲われたと考えれば、犯人は犯行時、窓を背に立っていたことになります」

「昨日、俺たちが現場を見ながら推測していった内容だな。このあたりの会話はアドリブだったのに、よく覚えてるな」

宝田が感心したように言う。山内は軽く肩を竦めて、

「まあ、記憶力はそれなりにいいもので。続いて部屋の状況についてみんなで調べたことを整理しますね。部屋のドアは施錠されていた上に内側から閂も掛けられていました。トミー氏の部屋のドアを開けられる鍵は三つ。ひとつはトミー氏自身が持っていたもの。こ

れはベッド脇のサイドテーブルに置いてありました。ふたつめは書斎の金庫に保管されているもの。そして残るひとつは、アンドリュー氏——このマーダーミステリー上でのアンドリュー・タッカー氏のことです——が所持しているマスターキーです」

「書斎の金庫の鍵はアンドリューだけが持ってたんだったな」

徳峰が言う。

「ということは、トミーの部屋に侵入できたのはアンドリューだけってことになる。彼ならマスターキーも金庫の中の鍵も使いたい放題だ」

「また私を疑うのですか。私はやってませんよ」

竹本の抗議に徳峰は片眉を上げて、

「それはシナリオ上、そう決まっているということか」

と追及する。竹本はうろたえて、

「あ、いえ。そうではありません。自分が疑われているような気がして、つい口に出してしまっただけで」

「役柄と自分自身を混同するなよ。まぎらわしい」

「……すみません。しかし徳峰さんがハリー・ブライアンとして昨日私を犯人だと指摘されたときも申し上げましたが、内側からドアに閂が掛けられていたことを忘れないでください。鍵を持っていても出入りはできません」

「だからあんたとケイトリンが通じ合って開かないはずのドアから彼女の部屋を通って出

て行ったんだよ」

徳峰が昨日の推理を繰り返す。そのとき、

「いや、やっぱりアンドリュー氏は犯人ではないぞ」

宝田が指摘する。

「彼は昨夜、夕食が始まる午後七時からずっと俺たちと行動を共にしていた。サロンでの歓談を終えて探偵全員をサロンで見送ったのが零時十五分。彼の証言によると自室に戻ったのが零時半過ぎ。死亡推定時刻である午後九時から十一時の間は、俺たちの目の前にいた」

「その間に抜け出してトミーを殺しにいく余裕はなかったかな?」

「手洗いに二度、席を外しました」

竹本が自ら申告する。

「ただ、皆さんの前からいなくなっていたのは、どちらも五分少々といったところです。その間にトミーを殺すのは不可能でしょう」

そう言ってから、

「あ、ちなみにこれは送られてきたシナリオどおりの発言です」

「訊かれたら、そう言えと?」

「はい」

竹本の回答に徳峰は、

「ふん、用意周到だな」

と鼻を鳴らした。

「しかしトイレに行くふりをして五分で二階に上がってトミーを殺害することは本当に可能かな？」

「ちょっと無理ですね」

山内が断言した。

「だって一階のトイレの出入り口はサロンに面してるじゃないですか。入ったらサロンにいる人間の眼を逃れて外には出られませんよ」

「……ああ、たしかにそうだな」

間取りを思い出した徳峰は、渋い顔で白旗を揚げた。

「ってことは、やはりアンドリュー・タッカーは犯人から除外するべきか。アンドリューと同じく俺たち探偵もずっとサロンにいたから容疑者から排除するとして、残るのはアンドリューの妻エミリア、トミーの妻ケイトリン、トミーの妹レイチェルと、その夫のクリス、この四人だ。トミーがひとりで食堂を出たのが八時十五分過ぎ。ディナーが終了したのは九時ちょうどぐらいだったか」

「私がディナーの終了後サロンに移ろうと皆さんに言ったのは九時五分過ぎでした」

竹本が補足すると、徳峰は劇団員たちを見回して、

「その後、あんたたちはどうした？　シナリオでは、どうしていたことになっている？」

「わたしは部屋に戻り、浴室を使ってからベッドでリルケの詩集を読んで十一時過ぎには就寝いたしました」

佐藤が答えた。

「もちろん、これはエミリア・タッカーとしての回答だけど。実際は一時過ぎまでオフラインのままスマホゲームしてたわ」

「リアルの話は混乱するから言わないでいい。その間、朝まで誰とも会ってないのか」

「ずっとひとり。部屋からも出なかった」

「わかった。じゃあ次、ケイトリンは？」

「わたしもお風呂に入ってから自分の部屋に戻って、それからずっと朝までひとりで過ごしていた、ことになってます」

「ヘルムスリー夫妻は？」

「ふたりでディナーの後片付けを午後十一時過ぎまでして、それから厨房の隣にあるわたしたちの部屋に入りました」

レイチェル役の野宮が言うと、クリス役の藤木が引き継いで、

「僕たちの部屋にはシャワー室が併設されてるので、それで汗を流してふたりでベッドに入りました。あ、これは役柄上の台詞で、実際は僕だけ隣の空室で寝ましたよ」

「だからリアルな話はいいってば」

「いや、ここはちゃんと話しておかないと誤解されそうだから」

強弁する藤木に、

「律儀《りちぎ》な奴だ」

宝田が苦笑する。

「だがこれで明白になったな。四人とも死亡推定時刻である九時から十一時の間に、誰にも見咎められずにトミーの部屋に行くことができた」

「そんな、わたしはやってません！」

三木が抗議した後で、

「疑われたらそう言うようにと」

と、補足する。

「そこまで役柄に忠実でなくていい」

徳峰も苦笑いする。

「しかしこれでは、犯人を特定するための手がかりに欠けるな。どうしたらいい？」

「ひとつ、確認したいことがあるんだけど」

不意に菅木が言った。

「タッカー家のひとたちが渡されているシナリオには結末までは明かされていないの？」

竹本、佐藤、中山、三木、野宮、藤木の六人は互いに顔を見合わせる。代表して竹本が答えた。

「私たちのところにも、いわゆる解決編のシナリオは届いていないのです。ただ皆さんが謎を解くための情報として役柄なり台詞なりが与えられているだけでして」

「じゃあ、この謎の正解は誰が知っているの？　誰がわたしたちが正しく解答できたと判断できるの？」

「それは……」

宝田が虚を衝かれたような顔になる。

「……言われてみれば、おかしいよな。俺たちがここで正しい謎解きをしたとして、タッカーはどうやってその成否を判定するんだ？」

「どこかに隠しマイクとかあってさ、それで俺たちの会話を盗み聞きしてるんじゃないのか」

徳峰が言うと、山内がためらいながら、

「あるいは……僕たちの目の前で話を聞いているのかも」

「透明マントを着て？」

萱木の言葉に、宝田と徳峰が慌ててあたりを見回す。そしてお互いの仕種《しぐさ》に気付き、

「なんだ、あんたもマントを信じてるのかよ」

「そういうあんただって」

と見栄《みえ》を張り気味に言い合った。

「透明マント……透明マント……」

山内は鼻の頭を掻きながら呟く。

「それなんですよ、気になってるのは」

「おやおやピエールさん、あんたもそんなものを信じてるのか」

中山の茶化すような突っ込みに、

「信じる信じないの議論は置きましょう」

動じることもなく、山内は手に持ったままだった原稿を軽く振ってみせる。

「ひとまずこれに書かれていることが真実だと仮定します。透明マントなるものが実在し、アンドリュー・タッカーがそれを使って剣崎さんと柿沼さんを殺害したとする。原稿にはこう書いてあります。『透明マントに身を包み、そっと背後から彼の食べるものに毒物を振りかければよかっただけのことだ。ふたりめの犠牲者も同じ。最初の犠牲者に皆さんが右往左往している間に、こっそりと透明マントを纏い、彼女の胸にナイフを突き刺した』」

読み上げてから、

「ちょっと気になるんです。この『最初の犠牲者に皆さんが右往左往している間に、こっそりと透明マントを纏い』って箇所が」

「どういうことだ？」

宝田が尋ねると、

「この言葉を額面どおり受け取るなら、アンドリュー・タッカーは僕たちが剣崎さんが倒れて大騒ぎしている隙を狙ってマントを身につけた。ということはつまり、それまでは姿が見えていたということです」

「見えてたって……でも、あのとき食堂には俺たちしかいなかったぞ」

「そう。僕たちしかいなかった。ということは……」

「わたしたちの中に、タッカーがいる」

荳木が山内の言葉を引き継いだ。

「まさか、そんな馬鹿な……」

否定しかけた徳峰が、すぐに表情を強張らせる。

「それ、本当なのか」

「本当、かもしれません」

「いい加減な言いかただな」

「今は断定できませんから。しかし可能性はあると思います」

「いやいや、それはない」

宝田が首を振る。

「みんなその下手なＳＦもどきの原稿に惑わされてるけど、透明マントなんてものを本気で信じちゃうのかよ？　あり得ないだろ」

彼の問いかけに他の者たちは戸惑いの表情を浮かべる。

「たしかに荒唐無稽な話だとは思います」

佐藤が言った。

「でもわたしたちは現に目の前で不可解な殺人を見てしまっている。あんなこと、透明人間でもないかぎり不可能ではないかと思います」

「佐藤さんまでそんなこと言いだすのか。まいったな」

中山は苦笑気味に顔を顰めて、

「もっと現実的にいこうよ。理性を働かせてさ」

「じゃあ現実的に理性を働かせて、あのふたりがどうやって殺されたか説明してくれる？」

佐藤が切り返すと、彼は言葉につまったように、

「いや、それは……」

「不可能なものをすべて除外した後に残ったものは、たとえどれだけ信じられないことであっても、それが真実」

萓木が呟く。

「シャーロック・ホームズの名言か」

宝田が面白くなさそうに彼女を見る。

「しかし俺たちはまだ、不可能をすべて排除したわけじゃない。何か可能性が残っているはずだ。何か……」

「あの……」

野宮がおずおずと手を挙げた。

「確認したいんですけど、今は昨日わたしたちが演じた殺人事件の謎を解いているんですか。それとも柿沼さんと剣崎さんの殺人事件のことを話してるんですか」

「それは……ああ、たしかに途中で混乱しちまったな」

徳峰が髪を掻きながら、

「山内さん、あんたとそっちのお嬢ちゃんが透明マントがどうのこうのと余計なことを言い出したからだ」

「すみません。たしかに混乱させました。でも、このまま僕たちがトミー・タッカー殺人事件の謎を解いても意味があるのかどうか見極める必要はあるでしょう。僕たちの命運はアンドリュー・タッカーが握っている。これは間違いのないところです」

「不本意ではあるがな」

「徳峰さんの言うとおり、不本意です。でも今は認めなきゃいけない。僕たちは言わば彼あるいは彼女が支配するゲームのプレイヤーです」

「プレイヤーというより駒なんじゃないかね。生かすも殺すも、タッカー次第ってところからするとさ」

「いいえ。駒ならプレイヤーの思惑次第で生死を決められてしまうけど、僕らがプレイヤーなら、これがゲームである以上、こちらが勝つ目もあるはずです」

「タッカーが自分の決めたルールどおりに事を進めてくれるならな。確証はない」

「それはタッカーを信じるしかないですね」

「なんだそれは。俺たちはあいつの慈悲に縋るしかないってのか」

「慈悲ではなくプライドです。ゲームを成立させるにはルールの遵守が不可欠です。彼が誇りあるゲーマーなら、自分で作ったルールを無視することはないでしょう」

「しかし——」

なおも徳峰が言い返そうとしたとき、ぱん、と手を叩く音がした。

「わかったわかった」

ふたりの論争を止めたのは、中山だった。

「とにかく俺たちにできるのは、ゲームを続けること。そうなんだろ？　だったら名探偵の皆さん、存分にやってくださいよ。俺は別の生存ルートを探るからさ」

「別の？」

「島からの脱出方法だよ。まだ館の外、島のまわりは調べてない」

「そんなの調べても、何も見つからんかもしれんぞ」

宝田の投げやりな言葉に動ずることなく、彼は言った。

「いいか、透明人間だのなんだのって話は別にして、この島にアンドリュー・タッカーがいることは確かなんだ。奴はあんたたちが謎解きに失敗したら俺たちを皆殺しにするつもりでいる。で、もしも思惑どおり俺たちをみんな殺すことができたとして、その後はどうする？　奴は島から出なきゃならない。ってことは？」

「島を出る手段を用意している」

「正解だよ佐藤ちゃん。船とかボートとか、そんなものがどこかにあるはずだ。そいつを見つけ出して奪う」

「危険じゃない？」

三木が不安そうに尋ねる。

「タッカーってひとが怒ってひどいことしないかしら？」

「このまま殺されるのを待つよりは危険じゃないよ。別に君たちまで巻き込む気もないしね。怖かったらここで待ってるといい」

「……ううん、わたしも行く。たしかにこのまま待ってるよりもいいもの」

彼女はきっぱりと言った。

「わたしも行きます」

野宮も声をあげた。

「女性陣にそう言われちゃあ、僕も参加しないわけにいかないね」

藤木が小さく手を挙げる。

「もちろん、わたしも行くわ」

佐藤が言い、竹本のほうを見て、

「どうします？」

と、尋ねる。竹本は小さく溜息をついて、

「わかりました。私も参加しましょう」

「OK。蒼茫座のメンバーは全員探索行へと向かう。その間、名探偵さんたちは頑張って謎解きをお願いするよ」

中山に念を押され、宝田と徳峰は顔を見合わせ、

「やるよな?」

「ああ、やってやろう」

互いを鼓舞した。

7

「午後三時までには戻ってきます。お互い、吉報を期待しましょう」

そう言って中山たちが館を出ていった後、残った山内、宝田、徳峰、萱木の四人はアンドリューの部屋に戻って議論を再開した。

「えっと、どこまで話しましたっけね？」

山内が口火を切る。

「ああそう、エミリア、ケイトリン、レイチェル、クリス、この四人とも死亡推定時刻である九時から十一時の間に、誰にも見咎められずにトミーの部屋に行くことができたと確認できたところですね」

「この四人から、さらに犯人を絞ることなんかできるのかな？」

宝田が首を捻る。

「推理ゲームである以上、何か手がかりがあるはずだ。考えよう」

徳峰が言いつつも、

「と言っても、なんか漠然としていて摑みどころがないな」

やはり思案顔《しあんがお》で頭を掻く。そしてふと隣を見て、

「お嬢ちゃん、何してるんだ？」

と、何かを熱心に書いている荳木に声をかけた。

「あ、それ、タッカーが残した原稿じゃないか。そんなのに悪戯書きしちゃいかんだろ」

「他に適当な紙がなかった」

荳木はぽつりと言うと、また書き物に没頭する。それを山内が背後から覗き込んだ。

「見取り図だね。この屋敷の」

返事をする代わりに彼女は書き上げた一枚を彼に差し出した。

「こっちは一階。二階も描く」

「これはありがたい。話がしやすくなるよ。ありがとう」

荳木はやはり返事をせず、黙々と描いた。すぐに二枚目も完成させる。

「お嬢ちゃん、わりと絵が上手いじゃないか。イラストでも描いてるんじゃ――」

「ひとつ、提案」

荳木は徳峰の言葉を途中で制して、

「お嬢ちゃんって呼びかた、やめない？　もう一回それ聞かされたら、あなたの股間を蹴る」

「え……」

徳峰は一瞬何を言われたのか理解できないといった表情になり、それから顔を赤らめた。言い返そうとしたが、唇を尖らせて言葉を呑み込む。荳木はさっさと彼から視線を外して、今度は宝田に言った。

「アリバイで容疑者を絞るのは無理だと思う。攻めるなら、密室」

「どういう意味だ？」

宝田もきょとんとした顔になる。それを補佐するように山内が言った。

「誰が密室状態にいるトミー・タッカーを殺すことができたか、という観点から犯人を特定したほうがいい、ということですよ。僕もそれには賛成です」

「ああ、なるほどな。しかしそう簡単にいくかな」

宝田は荳木の描いた見取り図を覗き込んで、

「トミーの部屋はドアも窓もロックされてたわけだろ。ドアには閂も掛けられていた。犯人が出入りすることは不可能だ」

「なに言ってるんだ。そんなの簡単じゃないか」

徳峰が口を挟む。

「トミーの部屋とケイトリンの部屋の間にあるドアだよ。そこから出入りしたんだ」

「あんたはあのドアにこだわるな。しかしあそこの鍵は存在しないと――」

「それはアンドリューの話だろ。あいつが嘘をついている可能性だってある」

「しかし彼が犯人でないことは俺たち自身が証明してるんじゃないか」

「だからさ、もっと単純に考えればいいんだよ」

「それはつまり、ケイトリンが犯人だということですか」

山内が尋ねると、徳峰は得意げに人差し指を立てて見せる。

「当然、そういうことだ。彼女が隣室に堂々と入って夫を殺した。それなら密室の謎なんてものも消えてなくなる」

「たしかにそうですけど、ひとつ条件が必要ですね」

山内が同じように指を立てた。

「ケイトリンが隣室と繋がるドアの鍵を持っていると証明できることです。持ってるはずだ、なんて当て推量では認められないですよ」

「そんなのは、その……」

徳峰は躊躇《ためら》うように視線を泳がせる。すると山内が悪戯っぽい笑みを浮かべて、

「気になるなら、ケイトリンの部屋をもう一度調べてみますか」

と、彼に問いかけた。

「さっきは島からの脱出の手がかりを探るという目的でしたから、個人の持ち物までは調べませんでしたけど、もっと詳しく調べたら鍵とか見つかるかもしれませんよ。先程竹本さんからマスターキーを預かりましたし」

「いつの間に？」

徳峰は驚いたような顔をしたが、すぐに、

「しかし、そうか……そうだな」

と、思案しはじめる。

「それは三木さんが帰ってきてからのほうがいいんじゃないか」

宝田が意見した。

「本人の同意を得ずに女性の部屋を探るのは、どうもなあ」

「その心配は要りません。僕は三木サユリさんの部屋ではなく、ケイトリン・タッカーの部屋を探ろうと言ってるんです」

「いや、それは詭弁《きべん》だろ。実際あの部屋を使ってるのは三木さんなんだし」

宝田は躊躇いを感じるのか、賛成しない。そのとき、苣木が口を開いた。

「もしもケイトリンの部屋に手がかりになるものがあるのだとしたら、それは三木さんの荷物とか私物の中に入っていることはあり得ない。だから、そういうものに手を付けなければいい」

「そのとおり」

山内が大きく頷く。

「しかしなあ……」

まだ宝田はためらっている。

「わかった、早速見に行こう」

しかし徳峰のほうはあっさりと山内たちの意見に同意した。

「別に宝田さんは来なくていいんだ。俺たちだけで確認するからさ」

「それがいいですよ。宝田さんは残っててください」

山内にも言われ、

「わかった。あんたたちで行ってくれ。後で結果を教えてくれればいい」

と、三人を送り出した。

「宝田さん、ずいぶんと三木さんの部屋を探ることに抵抗してたな」

アンドリューの部屋を出たところで、徳峰がひそひそ話でもするように言った。

「もしかして、彼女に惚れてるんじゃないかな。そう思わないか」

問いかけられた山内は「さあ」と軽く受け流し、廊下を歩きだした。荁木は無言でついていく。徳峰も肩を竦めて後に続いた。

ケイトリン＝三木サユリの部屋のドアを山内が開けると、一同は静かに中に入った。調度としてはベッドに鏡台、ひとり掛けのソファとテーブルくらいしか置かれていない。荁木がクローゼットを開けると、中に収められている服やバッグには触れず、隅や床のあたりを調べ、

「特に何もなし」

と、一言で報告した。

「徳峰さん、鏡台の抽斗《ひきだし》を見てくれませんか。僕はソファの隙間とかを探ってみます」

山内に指示され、徳峰は木製の鏡台へと向かう。

「あまり高そうなものじゃないな。通販で買って自分で組み立てるような代物だ。こういうところでケチってるとは、アンドリュー・タッカーもたいした金持ちじゃなさそうだ」

などと粗探しのようなことを言いながら抽斗に手を掛けた。鏡台の抽斗はふたつ。左側

には化粧品やブラシなどが収まっている。

「これは三木サユリの私物かな。たしかに持ち主がいない間にこういうところを探るっていうのは、多少なりとも罪悪感のあるものだな」

そう言いながらも彼は口紅《くちべに》を取り出しキャップを開けたりしている。

「そんなところに鍵なんか隠せませんよ」

山内に言われ、徳峰は肩を竦めた。そして自分を見つめている荁木に、

「そんな眼で見るなよ。別に自分で使ったりしないからさ」

と、冗談めかして言い訳する。しかし彼女は真顔のまま、

「そんなことしたら、股間を蹴る」

言い返した。徳峰は苦笑しながら、

「あんたはやたら股間を蹴りたがるみたいだが、若い女の子がそんなことを言うもんじゃないぞ。嫁に貰ってもらえなくなる」

と言い返した。

「今の言葉にどれくらいハラスメントが盛り込まれてるか、理解してる？」

「知らんよ、そんなもの」

さすがに徳峰も笑みを引っ込め、口紅を戻した。そして右の抽斗を開ける。こちらは空っぽだった。

「何もないぞ。そっちはどうだ？」

「こちらも収穫なしです。でも、本当に何もありませんか」

山内が訊き返すと、

「ないない。嘘だと思うなら自分で調べてみろ」

投げやりに言い返した。すると山内は彼が開けた抽斗をもう一度調べはじめる。

「本当に調べるのかよ。信用ねえなあ」

半ば呆れたように徳峰が声を洩らす。それを気にする様子もなく山内は左右の抽斗の中を探っていたが、不意にその両方を引き抜こうとした。

「……ん？　右の抽斗、引っかかるな」

そう呟くと彼は抽斗の中に手を突っ込み、天板の裏側を探った。

「何か貼り付けてある」

「ほんとか？」

徳峰が手許を覗き込む。山内が戻した手には、テープを貼られた銀色の金属が握られていた。

「鍵じゃないか」

「鍵ですね、たしかに」

山内はテープを剝がした鍵をまじまじと見つめる。

「どこにでもあるシリンダー錠の鍵です。この部屋とトミーの部屋を繋ぐドアの錠も、多分そうでしょうね。たしかにディテールには金をかけてないようだ」

「つべこべ言ってないで試せよ」

徳峰がもどかしそうに急《せ》かす。山内は肩を竦めトミーの部屋との間にあるドアに向かった。

手にした鍵を鍵穴に差し込み、手首を捻る。かちり、と音がして鍵が回った。

「ビンゴ」

山内の口許がほころぶ。続いてドアノブを握り回そうとした。が、

「……あれ？　おかしいぞ」

「どうした？」

「鍵は開いたんですけど、ドアが開かないんですよ」

「そんな馬鹿な。ちょっとどいてくれ」

徳峰は山内を押し退け、ドアに取りついた。ノブを回そうとするが、

「なんだこれ？　びくともしないじゃないか」

ノブを摑んだまま乱暴に揺すったりもしていたが、やはりドアはまったく動かない。

「……これ、鍵が錆び付いてるとか、そういうレベルじゃないな。ドアがぴったり壁に張りついてる」

「あるいは、このドアはダミーなのかも」

「ダミー？　偽物だっていうのか。どうしてそんなものをわざわざ作ったんだ？」

「それは僕にもわかりません。ただ、ひとつ確かなことがあります。トミー・タッカーを

殺害した犯人は、このドアから出入りしてはいない」

山内の下した結論に、徳峰は不服そうな表情で、

「犯人がここから出た後で、ドアが開かないようにしたんじゃないのか」

「いや、その可能性はないですね。ほら、このドアと壁の隙間、というか境目《さかいめ》のあたりを見てください。埃《ほこり》が詰まっている。もしもドアが開けられたとしたら、こんなの残ってないですよ」

徳峰は覗き込むようにして山内の言う埃を確認する。そして肩を落とした。

「どうやら、あんたの言うとおりらしいな。くそっ！」

思いきりドアを叩くと、乾いた音が返ってきた。

「これでケイトリン犯人説は崩れた」

荳木が言った。

「誰がトミーを殺したのか、わからないまま」

「他人事みたいに言うな！」

徳峰が癇癪《かんしゃく》を起こす。

「事件を解決しないと俺たち、ここから出られないんだぞ。お嬢――あんたも少しは真剣に考えろよ」

怒りをぶつけられた荳木は、しかし動じる様子もなく部屋の中を歩きながら見回している。

「なにか、気になることでもあるのかな？」

山内が尋ねると、

「別に」

気のない返事をするだけだった。

「別にと言いながら、何かを摑んだみたいな顔をしてるけど？」

山内がさらに突っ込む。しかし苣木は知らん顔で室内のあちこちを見回っているだけだった。

「何なんだよ！」

それを見た徳峰が焦れったそうに、

「これはもう名探偵ごっこじゃないんだ。かっこつけて思わせぶりなことやってんじゃねえよ！　何かわかったのか。だったらもったいぶってないで言えよ！」

強い口調でまくし立てる。苣木は冷静な態度を崩さないまま、顔を赤くしている徳峰を無言で見つめていた。

「……なんだよ、その眼は。俺を馬鹿にしてるのか」

すごむ彼に苣木は一言、

「冷静さを失ったら、負け」

ぐっ、と徳峰は言葉を呑み込む。

「まあまあ」

と、山内が間に入った。

「徳峰さん、ここは冷静になりましょうよ。それと萱木さん、何か摑んでるのなら教えてくれないかな。今はどんな情報でも必要なんだ」

するると萱木は答える代わりに、目の前のドアをノックした。そして、言った。

「隣の部屋に行く」

8

隣──ゲームの上ではトミー・タッカー、実際には中山の部屋に三人は向かう。

「宝田さん、こっちに入るのも嫌がるのかねえ。男の部屋だけど」

徳峰が言うと、

「男も女も関係ない。他人の部屋に無断で入るのが躊躇われるんでしょうね」

山内が返す。萱木は会話に参加せず、山内から受け取ったマスターキーでドアを開けた。

室内は朝方にマーダーミステリー上で現場検証をしたときと変わっていない。違いはひとつ、キングサイズのベッドにトミー・タッカーの遺体がないことだった。

「この部屋は遺体検分のときに隅々まで調べたはずだぞ。これ以上何を調べようって言うんだ？」

徳峰が尋ねても、萱木は答えない。彼女は隣室との間のドアの前に立った。

「だから、そのドアは開かないってわかっただろうに」

うんざりといった顔で徳峰が言う。しかし萱木はドアを見つめたまま。

「狭い」

とだけ言った。

「狭い？　何が？」

山内が尋ねる。すると彼女は床を指差した。

「この部屋とケイトリンの部屋は、一階の書斎の真上にある。そうだよね？」

「ああ、そうだね」

「館の形状からすると、トミーとケイトリンの部屋を足したものと書斎は同じ広さのはず。でも、違う」

「違う？」

「書斎のほうが、少し広い」

「気のせいじゃないのか。あんたが言うとおり、一階と二階は同じ広さで建てられてるんだから」

徳峰が反論すると、萱木は首を振った。

「気のせいじゃない。二階の二部屋を合わせた面積のほうが一階の書斎より狭い。ということは？」

今度は萱木のほうが尋ねた。

「え……」

徳峰は言葉に詰まる。

「どこかに、その差を埋めるものがある、ということだね」

代わりに山内が答えた。

「そう考えるのが妥当。わたしが書いた見取り図は間違ってた」

「隠し部屋でもあるっていうのか」

徳峰の問いに、荁木はドアをまたノックして見せた。

「なるほど」

山内が頷く。

「なかなかの盲点だな」

「え？　何のことだ？　わかるように話せよ」

すると山内は廊下に面した出入り口のドアに近付き、ノックしてみせた。

「わかる？　ドアの形状は同じなのに音が違うでしょ」

「……違う、かもな。だけどそれが何だっていうんだ？」

「もうひとつ。ここを見て」

荁木がドアの鍵穴を指差した。

「ケイトリンの部屋の側にも鍵穴があった。こっちも同じ鍵穴。両側に鍵穴がある鍵なんて、見たことない」

「ああ、たしかに珍しいな。しかしそれがどういう——」

徳峰の質問が終わる前に、荁木は鍵穴に鍵を差し込んだ。手首を回すと、かちり、と音がした。

「向こう側からは鍵を使っても開けられなかった。でもこっちからなら」

ドアノブを摑み、引いた。蝶番《ちょうつがい》の軋《きし》む音と共に、ドアが開いた。

「あ……？」

徳峰の口から間の抜けた声が洩れる。

開いたドアの向こうには、もうひとつのドアがあった。

「こっちがさっき開けようとした嵌《は》め殺《ごろ》しのドア。鍵を見つけた部屋から鍵を使っても開かないとわかれば、わざわざこっち側からまた鍵を使うことはしない。それが盲点」

向かい合ったふたつのドアの間には、幅一メートルほどの空間がある。我に返った徳峰が覗き込む。

「隠し部屋か」

「というより、多分通路」

「通路？」

萱木は徳峰を擦《す》り抜けるようにして空間に足を踏み入れる。その姿がすぐに見えなくなった。

「おい、どこに行った？」

「奥」

声が返ってくる。山内と徳峰が後を追う。彼女が言うとおり、そこは細い通路のような空間だった。開いているドアからの光は奥のほうへは届かず、暗がりになっている。

「そっちに何がある？」

徳峰が声をかけると、

「ちょっと待って」

という声と共に、何かを探るような音が聞こえてくる。

「多分このあたり……やっぱりあった」

次の瞬間、下側から光が差し込んできた。

「見て」

苣木に促され、徳峰と山内は床に開いた四角い穴から下を覗き込む。

穴の下には書棚と机が見えた。

「書斎だ。こんな仕掛けがあったんですね」

「ここから一階に抜け出せるのか。いや、でもどうやってここから降りれば——」

徳峰の疑問に答えるように金属が擦《こす》れるような音がして、銀色の長いものが穴から下へと滑り落ちていった。

「梯子《はしご》か……」

苣木は梯子に足を掛けると、さっさと下へ降りていく。徳峰は山内と顔を見合わせ、自分もそれに続いた。

「なんとねえ」

一階に足を着けた徳峰が感嘆交じりの声をあげる。

「こんな具合になってたとはな。じゃあトミーを殺した犯人は、こうやって一階に逃げたってことか」

書斎内を見回しながら彼は言葉を続けた。

「そして犯人は書斎を出て階段で二階に上がり、自分の部屋に戻ったと。これなら密室の謎は解けるな」

「それはどうでしょうね」

山内が反論する。

「犯行時、サロンには僕たちがいました。書斎からホールに出て階段に行こうとすると、サロンから丸見えになってしまいますよ。僕の記憶では、徳峰さんが座っていた位置から階段の上り口がずっと見えていたのではないですか」

「それは……ああ、たしかにそうだな」

「誰か二階に上がるのを見ましたか」

「……いや」

「誰かに話しかけたりして視線が外れて階段が視界から離れたことは？」

「それはあったと思うが……でも、誰かが階段のところに行こうとしたら、やっぱり気が付いただろうな」

「でしょうね。だから徳峰さんの眼を逃れて二階へ上がることはできない。エミリア、ケイトリン、レイチェル、クリス、この四人の誰がトミーを殺害したとしても、その後自室に戻ることはできなかった」

「それじゃ隠し通路とか見つけても意味ないじゃないか」

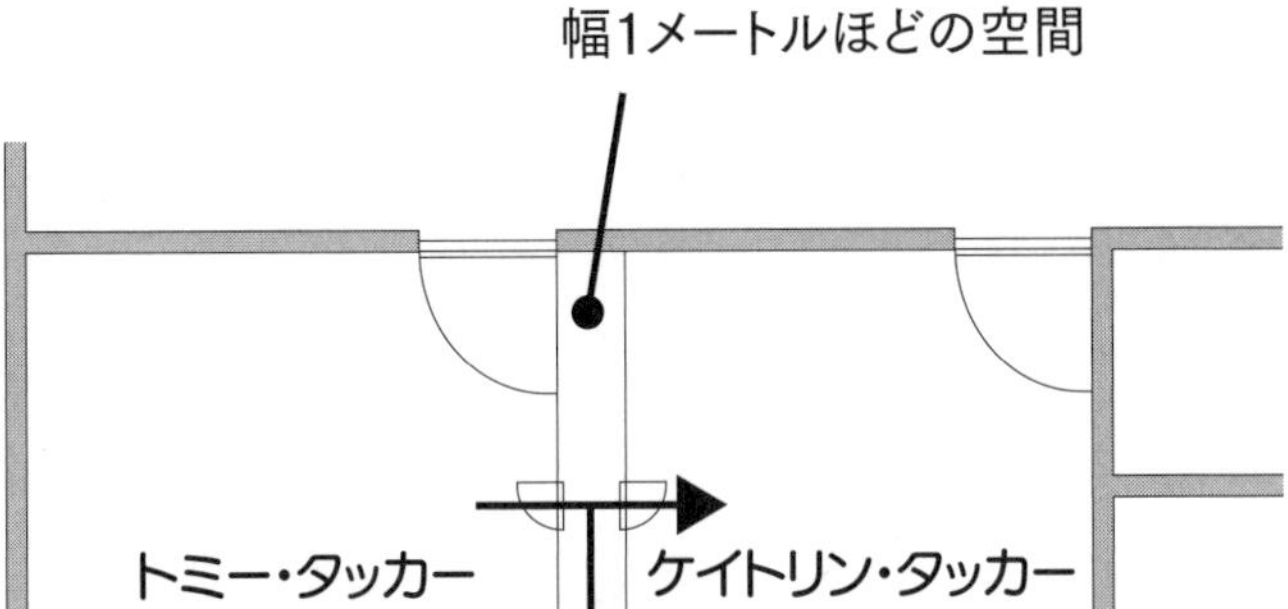
幅1メートルほどの空間
トミー・タッカー
（＝中山亨）
ケイトリン・タッカー
（＝三木サユリ）
1F 書斎へ

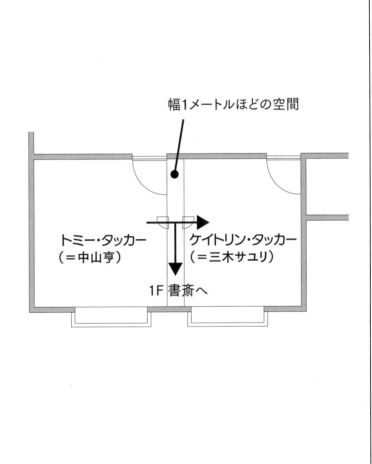

徳峰は頭を掻く。

「結局また元に戻った。何が腹立たしいって、自分の証言がそうさせちまったことだ」

「徳峰さんが階段のほうを見てなかったとしたら四人の誰でも二階に上がれたわけだから、結局犯人は絞れなかったでしょうけどね」

「この先どうするつもりだ？　もう手詰まりか」

「そうかもしれない。でも、そうでもないかもしれない」

山内は曖昧な言いかたをして、壁際の書棚を眺めはじめた。

「うん、やっぱりすごいコレクションだ。じっくり籠もって、この蔵書を片っ端から読みたいなあ」

「悠長なことを言ってるな。俺たちの命がどうなるかわからないってのに」

徳峰に厭味《いやみ》を言われても、山内は我関《われかん》せずとばかりに並ぶ背表紙を見つめている。そして、

「……なるほどねえ」

感心したような声を洩らす。

「この書棚、食堂やサロンと書斎を隔てている壁に作り付けられています」

「それがどうした？」

「書棚には本がほとんど隙間なく収められている。本はほとんど著者名のアルファベット順に並んでいる。そうですよね？」

「見てのとおりじゃないか。何が言いたい？」

「ほとんど、ということです。完璧ではない」

山内が指差したのは、向かって右寄りの書棚だった。

「この下から三段目の棚、本と本の間に五センチほどの隙間がありますよね。ちょうどジョン・D・マクドナルドとフィリップ・マクドナルドの間。本を一冊抜き取ったにしては少し広い」

そう言いながら彼は隙間の右側の本を左へと一冊ずつ移動させた。

「……こっちじゃないのかな？」

独り言のように呟くと、今度は左側の本を右へと移す。そうしながら移動していく隙間を覗き込んでいたが、

「……やっぱりね」

隙間に手を突っ込み探っている。

「あった」

「何が？」

「把手《とって》です。このままずらせばいいのか……いや、一度引いてみるか」

山内が体を引くと、書棚の右端から一メートル分くらいが一緒に手前に引き出された。

「それほど力は要らないようにしてあるな。当然だろうけど。あとは……こうか」

引き出された書棚は右にスライドした。

「何だこれ？」

徳峰が呆気に取られたような顔になる。山内は彼に笑顔で言った。

「ここにも隠し扉があったんですよ」

それまで書棚があったところに、ぽっかりと穴が開いている。山内はその中に入り、突き当たりにあったドアを開いた。

「思ったとおりだ。徳峰さん、萱木さん、来てください。犯人がわかりましたよ」

誘われるまま、ふたりは山内の後を追う。ドアの向こうにあったのは、白い便器と洗面台だった。

「……トイレか」

「そう。そしてこの向こうが」

山内はトイレのドアを開けた。

「サロンというわけです」

「なるほど」

萱木が頷く。

「何がなるほどなんだ？　わかるように説明してくれよ」

徳峰が請うと、

「あなたもミステリファンの端くれなら、自分で考えてみたら？」

彼女は突き放すように言った。徳峰はむっとした顔になったが、気を取り直して考えはじめる。

「えっと……ああ、そうか！」

すぐ何かに思い当たったらしく、顔を輝かせた。

「俺たちとは逆に、サロンからトミーの部屋に行くことができるわけだ」

「そのとおりです」

山内が頷く。

「トイレに行くふりをして秘密の通路を通ってトミーの部屋に忍び込み、背後からナイフで一突き。その後、何食わぬ顔をしてトイレから出て、僕らのいるサロンに戻ってきた」

「やっぱり、アンドリュー・タッカーが犯人なんだな。くそっ」

徳峰は拳で自分の掌を叩く。

「どうしてあいつ、自分がやったと言わなかったんだ」

「竹本さんも自分が犯人役だと知らないんですよ。シナリオを渡されてないんだから」

「それ、本気にしていいのかね」

山内の説明にも納得がいかない様子で、彼は渋い顔になった。

「じつはあいつら、全部知ってて黙ってるんじゃないのか。マーダーミステリーの結末は知らされていない、というのもじつはシナリオ上での台詞なのかもしれん。いや、そもそもあいつらが劇団員というのも疑わしいぞ。もしかしたら俺たちをここに連れてきたアンドリュー・タッカーの一味なのかもしれない」

サロンからトイレに行くふりをして
書斎を通じて
2階のトミー(中山)の部屋に
忍び込むことが可能だった。

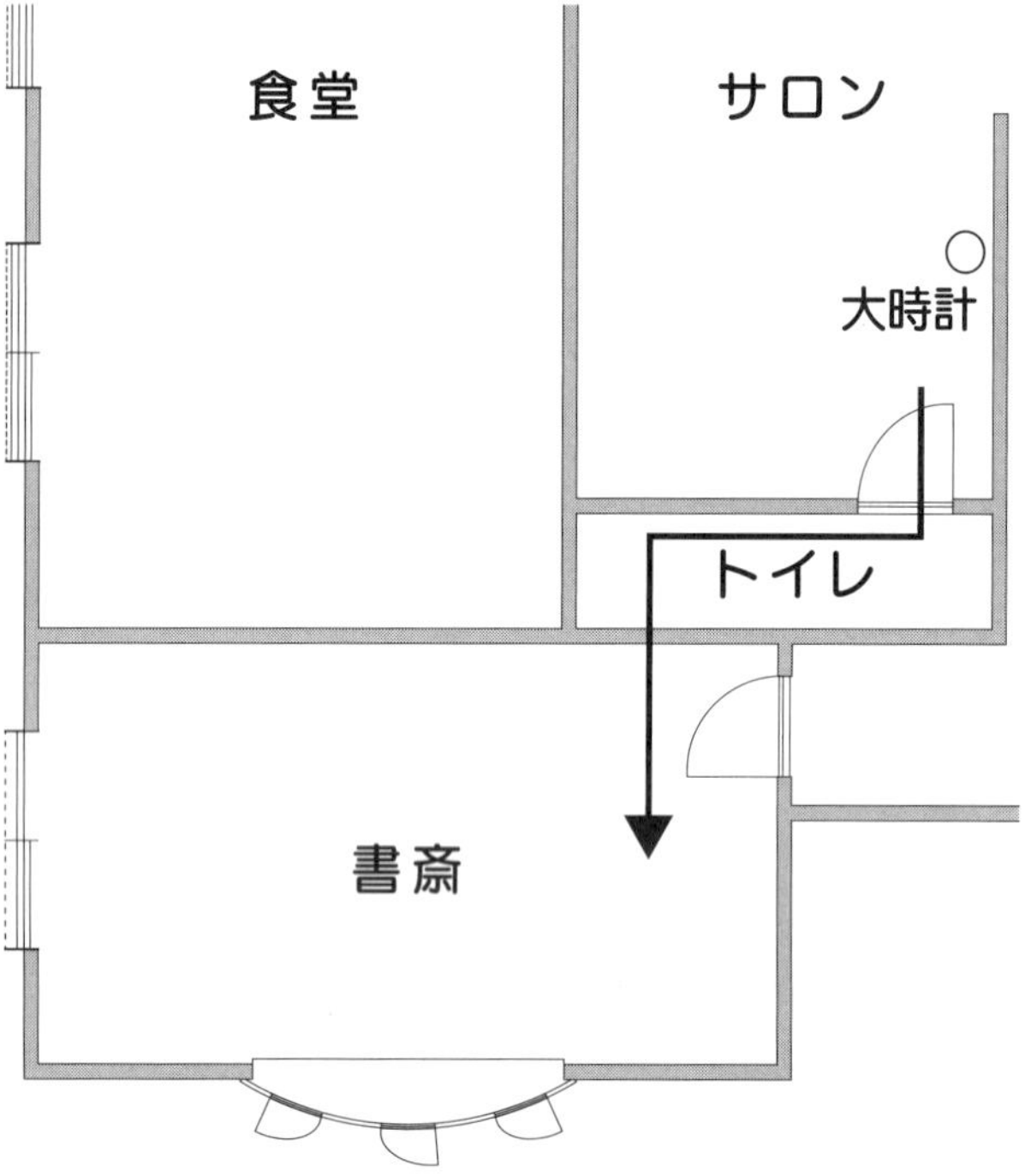

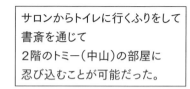

「疑いだしたら、きりがないですよ。僕のことだって萱木さんだって、それにあなたのことだって信じられなくなる」

「それは……」

「わたしは誰も信じてない」

萱木が言った。

「信じられるのは自分だけ。こういうシチュエーションでは鉄則」

「ドライだな、あんたは」

半ば呆れるように、徳峰は苦笑する。

「まあいい。謎は解けたんだ。これでアンドリュー・タッカーも俺たちを解放してくれるだろう。そいつが本当にフェアプレイの精神を持っていてくれたらな。で、どうなんだ？」

彼はいきなり山内を指差した。

「俺たちの謎解きを正解だと判定してくれるかな、アンドリュー・タッカーさんよ」

「え？　僕？」

山内は自分を指差して、

「どうして僕がアンドリュー・タッカーなんですか」

「ずっと怪しいと思ってたんだよ。あんたはいつの間にかリーダーみたいに振る舞って、さりげなく俺たちを誘導するようなことを言ってる。まるでゲームマスターだ」

「それは……差し出がましいことを言っちゃったようで、すみません」

「謝るな。俺たちを言いくるめて好きなように操ってたくせに」

「そんなつもりはないですよ。僕はアンドリュー・タッカーじゃありません。ただ……」

「ただ？　何だ？」

「ただ、僕なりに必死なんです。なんとかしてここから脱出したい。生きて帰りたい。だから気が逸《はや》って、つい口出ししてしまいました。僕も徳峰さんと同じく騙されてここに連れてこられた人間なんですよ。信じてください」

「山内さんは、アンドリュー・タッカーじゃない」

徳峰が答える前に、萱木が言った。

「山内さんは書斎の秘密扉を見つけた。誰が犯人か暴いた。ゲームマスターがやることじゃない。彼はプレイヤー」

「さっきは誰も信じないとか言ってたくせに、こいつのことは信じるのか」

徳峰が口《くち》の端《は》を歪めて笑みを作る。

「もしかして、そいつに惚れてるとか」

「そういうの、下衆《げす》の勘繰《かんぐ》りって言う」

「なんだと!?」

「まあまあ」

いきり立つ徳峰を山内が制し、

「ここで疑心暗鬼に駆られて冷静な判断ができなくなることが、一番危険です。そんなこ

いってたことまで話しているのかもしれない。それで話を聞きに行ったってわけか」

とをしてる暇もないですよ」

と、自分の腕時計を見せた。

「いつの間にか十四時三十分を過ぎてます。もう時間がありません。宝田さんや外に出ていったひとたちと合流して、僕らが到達した回答を話しましょう」

「その中にアンドリュー・タッカーがいれば、ジャッジしてくれるというわけだな」

徳峰は頷いた。

「わかった。行こう」

9

サロンを出て今や彼らの溜まり場となっている二階のアンドリュー夫妻の部屋へと向かった。

「誰もいない。まだ蒼茫座の連中は戻ってないのか」

「宝田さんもいませんね。どこに行ったのかな」

「手洗いにでも行ってるんじゃないか」

しかし、しばらく待っても宝田は現れなかった。

「どこに行ったんだ？　他の部屋でも調べてるのかな？」

「三木さんの部屋を探るのも嫌がったのに、それはないと思いますよ。自室に戻ったのかもしれません。呼んできましょう」

山内は部屋から出ていった。が、程なくひとりで戻ってきた。

「宝田さんの部屋、ドアをノックしても返事がありません。中にいないのか、それとも……」

「おいおい、まさか」

徳峰が顔を強張らせる。

「確認のため、ドアを開けようと思います。一緒に来てくれませんか」

「……わかった」

「萱木さんはここにいてください。もしかしたら僕たちが出ている間に宝田さんが戻ってくるかもしれないので」

そう言い置いて、男たちは廊下に出た。

宝田の部屋は廊下突き当たりの左側にあった。山内がマスターキーでドアを開け、ふたりは中を覗き込んだ。

「誰もいないか」

「そのようですね。戻りま――」

山内が言葉を切って部屋に入っていく。

「どうした?」

徳峰もつられて中に入る。山内はベッド脇のサイドテーブルに置かれていたものを手に取っていた。

「これ、剣崎さんのところにあったものですよね」

彼が持っているのは封筒だった。「関銀行」という名前が印刷されている。

「ああ、そうだな。三十二万円入ってた」

山内は封筒を逆さにして振る。

「入ってませんね」

「まさかあいつ、盗みやがったのか」

徳峰が眼を見開いた。

「剣崎さんの部屋、鍵は掛けないままにしてましたから」

「なんて奴だ。死人の金を盗むなんて」

「見つけて注意しないと」

「注意だなんて悠長な。盗人は引っ捕らえないと。くそっ、自分だけいい目を見ようなんて思うなよ」

憤慨する徳峰に、山内は言った。

「とにかく、宝田さんを探しましょう」

アンドリューの部屋に戻ると、彼は萱木に事情を話した。

「剣崎さんのところにあったお金を宝田さんが？」

「そのようです。そして姿が見えない。見つけて事情を聞かないと……どうしました？」

山内は何か考え込んでいるらしい萱木に声をかけた。彼女はしばらく黙っていたが、

「……前から気になってた」

それだけ、呟いた。

「何がだ？　さっさと言ってくれ。もうそういう思わせぶりは飽き飽きだ」

徳峰がもどかしそうに催促する。萱木はそんな彼のほうを見もせず、話しはじめた。

「お金が入っていた封筒。あの銀行、福島にしかないって宝田さんが言ってた」

「それがどうした？」

「『関』というのが地元の地名から取られた名前だとしたら、福島じゃない」

「どうしてそう言い切れるんだ？」

「知ってるから。関という地名で銀行が名前にするくらいの規模があるのは、岐阜県関市」

「岐阜？」

「刃物で有名なところ。室町後期から江戸時代に亙って日本刀を打っていた」

「ああ、関孫六《せきのまごろく》だね。たしかに有名なところだ」

山内が言葉を挟む。徳峰が首を傾げて、

「関銀行が福島じゃないとしたら、どうだっていうんだ？」

と尋ねると、

「宝田さんは『岐阜で自動車販売店に勤めている』と言った。関銀行が岐阜にあることを知らないわけがない。ていうか、知ってるから嘘をついたのかも」

「嘘？　なんでそんな嘘を？」

「剣崎さんの持ってたお金が自分に関係あるものだと知られたくなかったから」

「そんな……え？」

徳峰はまだ話の内容を理解できていないのか、眉根《まゆね》を寄せて考えている。

「なるほど」

それより早く、山内が気付いた。

「宝田さんは金を奪ったんじゃない。取り戻したんだ」

「そう思う」

「ちょっと、ちょっと待ってくれ。俺にわかるように説明してくれ」

「あの三十二万円が入っていた封筒が岐阜の銀行のものなら、金を用意したのは岐阜在住の宝田さんと考えるのが自然ですよね。つまりあの金は彼から剣崎さんに渡り、その後で彼が取り返したんですよ」

「そんなことが……剣崎と宝田の間に何があったんだ？」

「それは本人に確かめてみないとわからない。単なる金品のやりとりなのか、あるいは――」

「どうしても取り返したいお金だったのか」

萱木が言葉を継ぐ。

「本人に訊いてみないとわからないけど」

「そうだ。あいつを探して訊けばいいんだよ。畜生、どこに行ったんだ？」

「手分けして探しましょう」

山内の提案で、三人は分かれて屋敷内を探した。しかし宝田の姿はどこにもなかった。

三人は一階のホールに集まった。

「いたか？」

「いません」

「いなかった」

「なんてこった。この屋敷を出ていったのか。しかし、なぜ？　どうしてひとりで外に行徳峰が焦燥感を露《あらわ》にする。

「ちょっと思ったんですけど」

山内が言った。

「僕たちが三木さんの部屋を探すと言ったら、宝田さんは同意を得ずに女性の部屋に入るのは嫌だと言って、ひとりここに残った。でももしかしたら、それは本当の理由じゃなかったのかもしれない。本当は、ひとりになるために理由を付けて僕らと一緒に来なかった？」

のかも」

「俺たちから離れて何かしようとしてたっていうのか」

「そんな気がするんですよ。もしかして……」

山内の言葉を鐘の音が遮った。山内は大時計に眼をやり、呟いた。

「……タイムアウトだ」

「え？」

「ほら、十五時です。アンドリュー・タッカーが指定した時刻を過ぎました」

「そんな。俺たち、謎を解いただろ。奴との勝負には勝ったはずじゃ――」

徳峰が言い募ろうとしたとき、ごっ、と玄関のドアに何かが衝突する音がした。

ぎょっとした彼が振り返ったとき、ドアが開いた。

「ひっ！」

徳峰の喉の奥から悲鳴が洩れる。よろよろと入ってきた人物は額から顔の半分を真っ赤に染め、言葉にならない声を洩らすと、その場に頽《くずお》れた。

10

「佐藤さん！」

山内が床に倒れた佐藤に駆け寄る。

「大丈夫ですか。佐藤さん⁉」

彼が抱きかかえると、佐藤はうっすらと眼を開け、

「……みんな、みんな、早く逃げて……」

それだけ言うと、また意識を失った。

「佐藤さん⁉　佐藤さん！」

山内が呼びかけても、返事をしない。

「徳峰さん、手伝ってください。寝室に運びます」

「え？　俺が？」

「駄目なら菅木さんに頼みます」

すると菅木は何も言わずに佐藤の脇に体を差し入れた。

逡巡《しゅんじゅん》していた徳峰は、しかし佐藤の体を支えている山内の視線に耐えられなくなったのか、

「俺がやるよ」

苣木と代わって佐藤を寝室に運んだ。

ダブルベッドに横たえると、山内がしゃがみ込んで彼女の頭を調べる。

「ひどく殴られてるみたいだ。早く医者に見せないと」

「……医者は、わたし……」

途切れそうな声で、佐藤が応じる。

「よかった、まだ意識がある。何があったんですか」

山内が尋ねると、

「……襲われた」

ぽつりと答えた。

「襲われた？　誰に？」

「わからない……みんなと分かれて、島の海岸を探索、してたら、後ろからいきなり……死んだと思われたのかな。でも、まだ生きてる。生きてる、よね？」

「ええ、生きてますよ。他のみんなは？」

「わからない……帰ってきて、ない？」

「誰も。それどころか宝田さんまでいなくなってしまって」

「宝田……ああ」

佐藤の眼が一瞬大きく見開かれた。

「もしかして……あれは、もしか、したら……」

「何が『もしかして』なんですか」

山内が尋ねる。しかし佐藤は見開いた眼を力なく閉じ、そのまま何も言わなくなった。

「佐藤さん？　佐藤さん？」

呼びかけても返事はない。

「これは、ヤバいかもしれない」

「ヤバい、って……」

徳峰が問いかけると、山内は真剣な表情で、

「僕には医学的知識はありませんけど、このままだと命に関わるかもしれません。なんとかしないと」

「なんとかって、俺たちだってどうなるかわからないんだぞ」

「わかってますよ。わかってるけど……ああ、どうすればいいんだか」

山内は髪を掻きむしる。一緒についてきた莒木がベッド際に寄って、佐藤の様子を確かめる。

「わたしが見てる。ふたりは屋敷の外を見回ってきて。もしかしたら他の誰かが戻ってきてるかもしれない」

「わかった。頼むよ」

山内が立ち上がり、

「徳峰さん、行きましょう」

と促す。徳峰は逡巡しているようだったが、彼についていった。そして隣のリビングに出たところで山内に尋ねた。

「誰が佐藤さんを襲ったと思う?」

「わかりません。わかりませんけど……」

山内は躊躇いながら、

「多分、タッカーがやったと思います」

「タッカーが? どうして?」

「僕らは彼のゲームに負けた。時間までに犯人を当てられなかった」

「何言ってるんだ。犯人はアンドリューだってこと、ちゃんと言い当てたじゃないか。それが間違いだったっていうのか」

「いえ、間違ってはいないと思います。トミーを殺した犯人はアンドリューでしょう。だけど、時間切れだったんです。僕らの回答をタッカーに伝えることができなかった」

「冗談じゃない! どうやって知らせたらいいのかもわからないのに!」

徳峰は山内に食ってかかる。

「僕に言われても……」

山内はたじろぎながら、ふと表情を変えて、

「知らせる……知らせる……」

「どうした?」

山内はリビングのテーブルに置いたままにしていた原稿用紙を手に取る。しばらくそれを読んでいたが、

「くそっ、気付くのが遅すぎた！」

悔しそうな声を洩らした。

「おい、何の話だ？」

当惑気味に問いかける徳峰をよそに、山内は原稿用紙を摑んだままリビングを飛び出し、階段を駆け下りていく。

「どこに行く？　待てよ！」

徳峰が追いついたとき、彼はサロンの大時計の前に立っていた。

「この文章を、もっと真剣に読むべきだった」

「どういう意味だ？」

徳峰が尋ねると、山内は原稿用紙を眼の高さに差し出して、

「この箇所です。『制限時間は、本日の午後三時までとする。サロンの大時計が君たちの命運を握っているわけだ。時計がその時刻を告げるまでに解決できなければ、それ以降、君たちの命の保証は、ない』僕はこれをただ時刻を指定しているだけの文章だと思ってました。でも、それにしてはこの大時計のことをしつこく書きすぎている。まるで時計に注意を促しているみたいに」

山内は文字盤の下の扉を開けた。大きな振り子が左右に揺れている。

「……やっぱり」

彼は振り子の後ろに手を伸ばした。白い封筒が貼り付けられている。

「それ、なんだ？」

「タッカーが用意したものでしょう」

封筒から出てきたのは、黒い小型の機械だった。

「トランシーバーです。これに向かって答えを言って、初めて回答したと見なされるわけでしょう」

「そんな……だったら最初にそう言えよ。わかんないじゃないか」

「僕もそう思います。でも、これに気付くことも含めてが、タッカーが仕掛けたゲームなんですよ」

山内はそれを口許に持ってくると、ボタンを押して話しはじめた。

「聞いてくれ。犯人はわかった。今からでも遅くないだろ。聞いてくれ。聞こえてるか」

山内はマイクに向かってトミー・タッカー殺人事件の犯人がアンドリュー・タッカーであると特定した経緯を語った。

「これで間違ってないと思う。そうだろ？」

何の応答もない。

「おい、聞いてくれ。あなたがどこの何者か知らないが、この原稿に書いてるとおりの人間なら、何がなんでも僕らを殺したいと思ってるわけじゃないはずだ。僕らはあなたが届辱的な仕打ちを受けたというミステリ研の人間じゃない。あなたとは何の利害関係もない。蒼茫座のひとたちだって無関係だ。これ以上、罪を重ねないでほしい。今すぐ僕らを解放して帰してくれないか。そのかわり、ここであったことは他言しない。すでにあなたが殺してしまったふたりのことも、誰にも言わない」

「おい、それはまずいんじゃ……」

徳峰が言葉を挟もうとしたが、山内は無視した。

「ひとり、瀕死《ひんし》の重傷を負っているひとがいる。あれもあなたがやったのかもしれないけど、彼女を助けたいんだ。頼むから僕らを解放してくれ」

「頼む！　助けてくれ！」

と、徳峰も彼の後ろからマイクに向かって叫んだ。

「俺、何にも悪いことしてないじゃないか。なのにどうしてこんな目に遭わなきゃいけないんだ？　これだけやったら気が済んだだろ？　助けてくれよ。頼むから！　頼――」

そのとき、彼の叫びを遮るように、トランシーバーから音楽が流れてきた。

「……なんだ？」

スローなテンポのイントロに続いて、女性ボーカルが英語で歌いはじめる。

「ああ……」

山内が声を洩らす。

「なんだ？　これ、何か意味があるのか」

尋ねる徳峰に、彼は沈んだ声で言った。

「キャロル・キングの名曲です。聴いたことないですか」

「知らんよ。それがどうしたんだ?」

「この歌のタイトル、『It's Too Late』っていうんですよ」

「イッツ・トゥー・レイト……」

「もう遅すぎる」

「それが、奴の返答ってわけか。そんな……」

曲は唐突に途切れた。

「おい、話を聞いてくれ。頼む!」

山内は必死に呼びかける。しかしもうトランシーバーは応答しなかった。

「……くそっ!」

彼は沈黙したトランシーバーを床に叩きつけようとして、思いとどまる。そして自分のジャケットのポケットにしまった。

そのとき、サロンに菅木が現れた。彼女は男たちに言った。

「佐藤さん、亡くなった」

「え」

「もう、息をしてない」

「嘘……嘘だろ、そんなのって……」

徳峰はその場にへなへなと座り込んだ。

「もう、どうしたらいいのかわからん」

「いえ、わかってますよ」

山内が彼の肩に手を置く。

「やることはひとつ。生き延びるんです」

徳峰はゆるゆると顔を上げた。

「生き延びる……生き延びられるのか、俺たち」

「挫《くじ》けなければね。立ってください。方法を見つけましょう」

山内は徳峰を立たせると、荁木に言った。

「ついてきてください」

彼がふたりを連れていったのは厨房だった。この建物の規模にしては広々としていて、使い込まれたコンロやガスレンジ、作業台が据えつけられ、鍋やフライパン、金属製のレードルが整然と並んでいる。

山内はキャビネットや抽斗を次々と開け、中を調べはじめた。

「……これならいいかな」

そう呟きながら取り出したのは、革のケースに収まった一本のペティナイフだった。

「ふたつあれば、なんとかなるか。これ、持っててください」

それを徳峰に渡す。

「護身用です。さっき用意したゴルフクラブよりは扱いやすいですし威嚇にもなるでしょう。荁木さんは、スタンガンを持ってたよね。何かあったら躊躇わずに使うこと」

「タッカーと刃物でやりあえってのか。そんなの、無理だ」

徳峰が情けない声で呟く。そんな彼の肩に山内が手を置いた。

「相手は僕らを殺す気でいます。だったら僕らも覚悟を決めないと」

徳峰は渡されたナイフを厭わしそうに見つめる。荁木はポーチからスタンガンを取り出し、動作を確認した。そして山内に尋ねた。

「あなたは？」

「僕は、これにするよ」

彼が手に取ったのは木製の麺棒《めんぼう》だった。

「ちょっと重いけど、ナイフより威力があるかもしれない。さて、武器を入手できたところで、僕は館の外を見回ってきます。もしかしたら宝田さんや蒼茫座のひとたちを見つけられるかもしれない」

「危険じゃないか。佐藤さんを襲った奴がいるかも」

「いるでしょうね。だからこそです。もしもそれがタッカーで、僕たちを殺そうとしているのだとしたら、会って話をしたい。そいつの計画を止めたい」

「しかし奴はついさっき、俺たちの命乞いを拒絶したぞ。『もう遅すぎる』ってな」

「それでも、まだ希望はあるかもしれない。幸い僕らにはタッカーと連絡を取る方法があります」

山内はトランシーバーを取り出す。

「これに呼びかけながら歩いてきます。ふたりはここで待っていてください」

「わかった。しかしトランシーバーを使いながらというのは、やっぱり危険じゃないか。相手に自分の位置を教えかねないぞ」

「望むところです。タッカーが姿を現したら、そのときこそ交渉か対決か、どちらかを選ぶことにしますよ」

「相手が見えないかもしれないってこと、忘れないで」

萱木が言った。

「透明マントね。今はその可能性も排除しない」

山内は頷く。

「姿が見えなくても、すべての気配を消すことはできないでしょう。こう見えて僕、勘は鋭いんです」

そして彼は、玄関の扉を開けた。

「ああ、今日もいい天気だ。ビーチで海水浴とかには打ってつけかも」

「なに呑気なこと言ってるんだ」

徳峰が腐す。山内は苦笑しながら出ていきかけて、玄関ポーチに眼を落とした。

「ほんと、こいつらたくさんいますね」

赤い蟹が三匹、石のポーチを横切っていくところだった。

萱木がしゃがみ込み、一匹を捕まえる。甲羅の部分を持ち、ハサミを振り上げる蟹を見つめた。

「わたしたちが死んだら、この子たちがわたしたちを食べる。骨になるまで」

「縁起でもないことを言うな」

徳峰が怒りだす。しかし萱木は気にする様子もなく、持っていた蟹を地面に降ろした。

蟹はそそくさと姿を消す。

「じゃ、行ってきます」

山内は軽く手を振り、館に背を向けた。

11

玄関の扉が閉まると、苣木は書斎に入っていった。

「何か調べ物か」

ついてきた徳峰が尋ねると、

「別に。アンドリューの部屋は佐藤さんが死んでるから近付きたくないだけ」

彼女は素っ気なく答える。

「それとも佐藤さんと一緒にいる？　佐藤さんの死に顔、見たい？」

「悪趣味なこと言うな。俺だって死人の顔なんて……」

言いかけて、さすがに言葉を吞み込み、書斎机の前に置かれた椅子に座り込んだ。

「なんだか疲れた。俺たち、これからどうすればいいんだろうな」

「わたしに訊く？　メルボルンの私立探偵ハリー・ブライアンが、お嬢ちゃん呼ばわりしてた相手に？」

「皮肉を言うなよ。そもそも俺は探偵ごっこなんて好きじゃない。しかもこんな離れ小島で馬鹿なお遊びするなんて趣味じゃなかったんだ」

「じゃあ、どうしてここに来たの？　タッカーがここに呼び寄せたのは、オンラインのマーダーミステリーでプレイしてたミステリマニアのはず。あなたもそうなんじゃないの？」

「俺は……じつはミステリとか謎解きとか、そんなに興味はない」

徳峰は唇の端を歪めるような笑みを浮かべ、

「じつは俺、賞金稼ぎなんだよ。ネットの懸賞とかネーミングや標語の募集とか俳句や短歌の公募とか、とにかく賞金がでそうな募集は手当たり次第チャレンジしてる。謎解きゲームとかも、その流れで手を出しただけだ。本業はフリーターだけど、こっちより実入りがいいときだってあるくらいだ。アンドリュー・タッカーのマーダーミステリーも賞金目当てで参加してた。あれ結構高額だったろ？　いい小遣い稼ぎになると思ったんだ。もともと本を読むのはそれほど嫌いじゃなかった。太宰とか漱石とか学生時代に読んでたし」

「でも、ミステリは読んでなかった？」

「全然ってわけじゃないぞ。松本清張《まつもとせいちょう》なら二、三冊は読んでる。他のミステリは面白くないから、あんまり手が出なかった。他には犯人当てのゲーム本を何冊か読んだかな。ミステリってほら、作りがちゃちだろ。非現実的な話ばかりで、誰かが殺されて、その謎が解かれて、それでおしまい、みたいな。そういうのが馬鹿馬鹿しくてさ。マーダーミステリーも真剣に謎解きやってる連中が馬鹿みたいに見えてたよ」

「わたしも、その馬鹿のひとりだけど」

「あんたひとりを貶《けな》してるわけじゃない」

悪びれた様子もなくそう言う徳峰に、萱木は眼を細めて、

「それで、マーダーミステリーで一度でも謎を解明して賞金を手にしたことある？」

「それは……まあ、今まで本気出さなかっただけだけどさ」

「で、今回は本気を出す気だったんだ」

萱木の論《あげつら》いに気を悪くしたのか、徳峰は彼女を睨みつける。

「あんただって賞金欲しさにここにきたんだろ？　顎足付《あごあしつ》きで金までもらえるんだ。こんない話、どうして無視できる？　そう思ってやってきたんだ。まさか、こんなことになるとは夢にも思わなかったよ」

「みんな、そう。自分がどうなるかなんて、先のことはわからない」

「若い娘が利いた風なことを言うな。あんただって生き残りたいだろ？」

萱木は書棚の本を眺めはじめる。そして本を抜き出して開いたりしながら、言った。

「あなたは、生き残りたいんだ」

「当たり前だ。こんなところで死んでたまるか」

「ふうん……」

つまらない話でも聞いたかのように、気のない返事をする。そして書棚から別の一冊を取り出した。

「あった。『赤死島の惨劇』」

「せきしとう……ああ、河竹瑛のくだらない小説か」

「あなた、いつもそう言うよね。『河竹瑛のくだらない小説』って」

「前にも言ったかな？」

「『aRrows』のサイトの掲示板に書き込んでた。『河竹瑛のくだらない小説』『河竹瑛のくだらない小説』『河竹瑛のくだらない小説』……何回書いてたっけ？」

「覚えてない、そんなの」

「そんなにくだらないと思ってるのに、ずいぶんと気にしてるみたいだった。何度も貶したのはなぜ？」

「本当にくだらなかったからだよ。あんなつまらない小説、読んだことがない。どうしてあんな本が売れたのかわからん。いや、わかってるな。河竹瑛が書いたからだ。ちょっと顔のいいアイドルが書いたってだけで、中身なんてどうでもよかったんだよ。それが我慢ならなかった」

「だから貶した？」

「批評だ。面白くない小説は、ばっさりと切る。それが俺の信条だよ」

「たしかにばっさり切ってた。こんなのをありがたがるのは小説の読みかたを知らない素人だけだって。ミステリとしてもひどい出来だとも言ってた。ミステリなんてあんまり読まないとか言ってたのに、ミステリ評はできるんだ」

「俺はミステリ小説として評価したんだよ。ミステリだって小説として面白くなければ意味がない。ちゃんと人間が描けてなければ小説じゃない」

「出た。今どき『人間が描けてない』ってミステリを非難するひとがいるなんて驚き」

「あんた、妙に突っかかるな。何が言いたい？」

「クリスティを読んでないからって非難したり、ミステリは小説でなきゃいけないとかって難癖《なんくせ》を付ける人間たちが寄ってたかって河竹瑛を潰したという事実」

「俺のせいだっていうのか。それは心外だな」

徳峰は不満顔で、

「河竹瑛が表舞台から姿を消したのは、あいつ自身の問題だ。自業自得だよ」

と、言い返す。対する荳木は冷淡な表情で、

「わかった」

とだけ言った。

「わかったって、何がわかったんだよ？」

「これ以上の議論は無意味ってこと」

荳木は本を書棚に戻し、書斎西側の窓に眼を向けた。

「あれ？」

「どうした？」

「あそこに、誰かいる」

言われて徳峰も窓の外を見た。島の西端に位置する高台の上に建つ屋敷なので、西側の窓からは島の突端が見える。草木も生えず地面が露出している。そこに青い上着を着た人間がひとり、立っていた。かろうじて背格好がわかる。

「山内さんだな」

徳峰が言う。

「あんなところで何をしてるんだ？」

「崖のあたりを探してるのかも」

萱木も彼の横から外を覗き込んだ。

「まさか、あそこから誰かが落ちたと？」

「わからないけど……あ」

彼女が声をあげた。山内の体が不自然に揺らいだからだ。バランスを崩しそうになった彼は、ふらふらしながらなんとか体勢を戻そうとしている。

「何やってるんだ、危なっかしい」

徳峰が呟く。そのとき、また山内が姿勢を崩した。今度はより大きく体が揺れる。彼は手にしていた麺棒を振り上げ何もない空間に叩きつけるような仕種を見せた。しかしまた体が揺れる。

「危ない！」

「駄目！」

徳峰と萱木が同時に叫んだ。その瞬間、山内はもんどりうつように体を仰け反らせ、視界から消えた。

萱木が書斎を飛び出す。

「おい、待てよ！」

徳峰も後に続いた。

萱木は一目散に駆けていく。徳峰はついていくのに必死だった。

「待て……待ってくれ！」

息を切らしながら彼女を追う。雑草に覆われた地面はでこぼこしていて走りにくい。しかし萱木は飛ぶように走っていく。徳峰は彼女の姿を見失わないようについていくので精一杯だった。

やがてさらに足元の悪い岩場に出る。島の突端《とったん》のようだった。萱木はそのぎりぎりのところに立っている。徳峰は足を止め、息を整えながら周囲を見回す。

「なんだここ……二時間ドラマのラストに出てきそうなところだが……山内さんは？　無事か」

萱木は答えない。さらに岩場の端に足を進め、下を覗き込んでいる。

「おい、危ないぞ」

そう言いながら、徳峰もおそるおそる近付き、そっと下を見た。思わず、

「うわ……」

と、声が出る。切り立った崖、という形容がぴったりするような、断崖絶壁だった。何十メートルの高さがあるかわからない。眼下は暗い色の海が広がり、岸壁に白い波を激しく叩きつけている。海面のあちらこちらには小岩が顔を出していて、さながら肉食獣の牙のようだった。

「ここから落ちたのか……」

「そうだと思う」

やっと萱木が応じた。そして、その場にしゃがみ込む。

「どうした？」

萱木は両手で顔を覆ったまま、わずかに感情を滲ませる声で言った。

「どうして、こんなことに……」

「足を滑らせた、のか」

「本当に、そう見えた？」

萱木の声には難詰《なんきつ》するような色合いがあった。

「わたしには、そうは見えなかった。あれは、誰かと争っていた。麺棒の振り回しかたとか、そう見えた」

「争って？　いや、あのときは山内さん以外、誰もいなかったぞ」

「それとも、見えなかったのか」

「……おい、ちょっと待てよ。またあれか。〝見えないジョー〟か。そういうのやめてくれよ」

徳峰は怯えと嫌悪が入り交じったような顔で、

「あれはフィクションだと何度も言ってるだろ。透明マントとか、そんな都合のいいものが本当に存在するなんて考えられないだろ」

「じゃあ、どうして山内さんは落ちたの？　足を滑らせたって言い張るつもり？」

「いや、それは……たしかに、ただバランスを崩しただけのようには見えなかった。何度も麺棒を振るって何かを叩き落とそうとするみたいな仕種をしてたし……ああ、そうか」

徳峰は得心《とくしん》したように手を叩く。

「わかったぞ。山内はたしかに襲われた。襲った相手は俺たちには見えなかった。でもそれは〝見えないジョー〟なんかじゃない」

「じゃあ、何？」

「ドローンだよ。小さなドローンに襲われたんだ。館からここまでの距離があると、はっきりと目に見えないし音も聞こえない。だからひとりで暴れてるみたいに見えたんだ」

「ドローン……」

萱木は周囲を見回す。

「今頃見たって、もういないだろ」

「ドローンだとして、それは誰がどこから操縦してたの？」

「わからんよ。聞いた話じゃドローンの操縦可能距離は二キロから四キロあるらしい。だったらかなり遠くから飛ばすことができるだろう」

萱木は徳峰の話を聞いているのかいないのか、あたりを見回しつづけながら、言った。

「誰かがドローンで山内さんを襲ったなら、襲撃犯には山内さんの姿が見えてたはず。そうだよね？」

「まあ、そうだろうな」

「それができるのは、どこだと思う？」

「それは……」

「あそこだと思う」

彼女が指差した先を、徳峰も見た。

「……館か」

「一階の書斎からでもここが見えた。二階ならもっと見やすい」

「じゃあ俺たち以外の誰かが……でも、誰だ？」

訝る徳峰に、萱木は言った。

「さっき姿を消したひと、かも」

「……宝田さん？　彼が？　まさか。どうして彼がそんなことをしなきゃならない？」

「忘れた？　どうしてこんなことをするのかわからない人間のせいで、わたしたちはここにいる」

萱木が言外《げんがい》に含めた意味を、徳峰はすぐに気付いた。

「宝田がタッカーの正体？」

「根拠は弱い。でも、急に姿を消したのはおかしいと思う。彼を見つけて、はっきりさせないと」

「……そうだな。奴を探そう。やっぱり館の中にいるんだろうな」

ふたりは館に向かう。

「なあ、ひとつ思ったんだが」

道すがら、徳峰が言った。

「容疑者は宝田だけとは限らないんじゃないか。劇団の連中。あいつらも怪しい。佐藤さん以外は戻ってきてないしな」

「その佐藤さんも、襲われて死んだ。他のひとたちもどうなっているか、わからない」

「劇団の誰かがやったかも――」

「ひとつ、気になってることがある」

萱木が徳峰の言葉を遮って言った。

「佐藤さんが死ぬ前、山内さんが宝田さんがいなくなったって話したら、動揺してた」

「あ、ああ。『もしかして』とか何とか言ってたな」

「『もしかして……あれは、もしか、したら……』と、そう言ってた。あれは何だったんだろう？」

「さあ」

回答を保留しかけた徳峰は、ふと気付いたように、

「……もしかして佐藤さん、宝田を見かけたんじゃないか」

「いつ？」

「自分が襲われたときだよ」

「でも後ろから襲われたって言ってた。犯人なんて見てないんじゃない？」

「はっきりとはわからないのかもしれない。だが一瞬だけ、ちらりと見たのかも」

「それが、宝田さんだったと？」

「確証はないがな。だとしたら、ますますあいつが怪しくなってくるか……」

ふたりが館に戻ったとき、サロンの大時計が鐘を鳴らした。午後四時だった。

「劇団の奴ら、三時までには帰ってくると言ってたが、誰も戻ってないのかな？」

「もう一度、館の中を調べたほうがいい」

荳木が言った。

「ドローンを操ってた誰かがこの中にいるとしたら、それも確かめないと」

「確かめるって、俺たちまで殺されちまうかもしれないぞ」

あからさまに躊躇する徳峰に、彼女は冷静に言葉を返した。

「このまま座して死を待つか、こちらから打って出るか。選択肢はふたつ」

「どっちも嫌だが……どうしてもって言うなら」

徳峰は尻ポケットに収めていたペティナイフを抜き出す。

「いざとなったら、自分の身は守ってね」

「それはこっちの言う台詞だ。俺に頼るなよ」

「そうする」

何度目かの館内の捜索が始まった。

「おい、ここにも入るのか」

徳峰が怖じ気づいた声をあげたのは、萱木がサロンに入ろうとしたからだった。

「劇団の奴らがここにいるわけないだろ」

「でも犯人はいるかも」

萱木はかまわずサロンに入り、そこを調べた後、食堂に入っていく。

「おい、そっちには死体が……」

サロンと食堂の境目で躊躇する徳峰をそっちのけに、彼女は食堂に入った。惨劇が起きたときそのままになっている。ひとつ違っていたのは、床にシーツに包まれた山がふたつあることだった。萱木はすたすたとそれに近付くと、シーツの端をめくって中を覗き込んだ。

「おい……」

徳峰は声をかけるのが精一杯のようだった。萱木はふたつの山の中を覗き、食堂の中をひとめぐりして戻ってきた。

「死体だった」

「当たり前だろうが！」

「こっそり死体と犯人が掏り替わってるかもしれない。ちゃんと確認しないと」

あっさりと言う萱木に、

「最初に会ったときから思ってたが、あんた結構、豪胆だな」

半ば呆れたように、徳峰は言葉を洩らした。

「そうでもない。死体なんて本当は見たくないし。もう行こう。新鮮な空気吸いたい。あの死体もう、少し臭いはじめてる」

「うへ」

徳峰はあからさまに顔を顰めた。

一階を全部確認した後は二階へと上がる。アンドリューの寝室も苣木ひとりで調べた。

「佐藤さんの死体以外、誰もいない。佐藤さんはまだ臭くなってないみたい」

廊下で待っていた徳峰に報告すると、彼は顔を顰めて、

「そういう言いかた、どうかな?」

「何が?」

「臭いとか臭くないとか。一応、仏さんなんだし」

「大事なことだよ。わたしたちは腐臭を我慢しながらここで生きていかなきゃならないかもしれない。そうでなきゃ」

「そうでなきゃ?」

「タッカーに殺されて、自分が腐った死体になる」

「やめてくれ。そういう悪趣味な冗談は嫌いだ」

「冗談じゃなくて、現実の話。これでまた館の中は全部調べた。ここにはわたしたちふたりと三人の死体だけしかいない。あるいは、いても見えないか」

「またその話か。いい加減にしてくれ」

「〝見えないジョー〟のことは、どうしても信じられない？」

「当たり前だ。山内を殺したドローンみたいな、何かのトリックを使ったに違いない」

「だったら剣崎さんと柿沼さんはどうやって殺されたのか、教えて」

「だから俺は謎解きに興味はないって言ってるだろ」

「興味があるかないか、そんなこと言ってる場合じゃない。謎を解かないとわたしたちの命も危ない。どうする？」

萓木に追いつめられ、徳峰は答えに窮して考え込む。

「……剣崎殺しは、難しくない。透明マントなんてなくても、誰かがこっそり彼の食べるものに毒を忍ばせたんだろう」

「剣崎さんが飲んでいたルイボスティーに毒が入ってないことは、佐藤さんが自分の体で証明したけど」

「だから、それ以外のものだよ。フライドポテトはあのとき俺も食ったが……あ、そうか！」

急に声を張り上げた。

「皿だ。剣崎が食べ物を取り分けるために使った皿に毒が塗ってあったんだよ。そこにフライドポテトを載せて食べたから、やられたんだ。そうだそうに違いない」

「確認してみる？　食堂に皿は残ったままになってるけど」

「どうやって確認するんだよ？」

「嘗《な》めてみるとか」

「冗談はよせ。そんなことできるかよ」

「じゃあ正しいかどうかわからない」

「だけどな、透明マントよりこっちのほうがずっと現実的だぞ」

「現実的であることが事実とは限らない」

「ああ言えばこう言う、だな。口の減らないお嬢ちゃん——いてっ！　何するんだ⁉」

「言ったはず。今度『お嬢ちゃん』って言ったら蹴るって。狙いは外したけど」

「狙うな！　ほんとにもう……」

蹴られた太股を摩《さす》りながら渋い顔をする徳峰に、菅木は言った。

「剣崎さん殺害の方法については、もしかしたら徳峰さんの言ってることが正しいかもしれない。もしかしたらだけど。だけど柿沼さんは？　あんなにひとがいるところで、どうやってナイフで刺せたの？」

「それなんだがな、ずっと気になってることがあるんだ。柿沼が刺されたとき、俺たちはたしかにあの場所にいた。だがいきなり剣崎が苦しみだして倒れたのを見て、みんなパニックになってた。あんた、あのとき誰がどこでどんなことをしていたか、正確に答えられるか。俺にはできない。正直、本当にあたふたしちゃってたからな。そういや前にあんた自身、『みんなオーウェンスさんのことで大騒ぎして、誰もリンチさんのことを見てなかった。だからあのとき何が起きたか、誰も知らない』とか言ってただろ」

「何が言いたいの？」

「だからさ、透明マントなんて絵空事を持ち出さなくても、堂々とあの女にナイフを突きたてることはできたんじゃないかってことだよ」

「でも、誰が見てるかわからない。もしひとりでも柿沼さんのほうを見てたら、間違いなく犯行がばれる」

「だから隙を突いたんだよ。思い出せ。あのときたしか……デミアン——剣崎が死んだとわかって俺がアンドリュー——竹本に警察を呼べと言った。そしたらあいつは警察に通報する手立てはないと言いやがった。どういうことかとピエール——山内が訊くと電話もないんだと答えた。ではどうやって外部と連絡を取っているのかと俺が尋ねて、竹本が答えようとしたとき、リンジー——柿沼が胸を刺されて倒れた。そのとき、彼女の一番側にいたのは誰だ？」

「多分、わたし」

と萓木が言った。

「でも、わたしは柿沼さんを刺してない」

「わかったわかった。あんたは信じる。でも、柿沼をずっと見てたわけじゃないだろ？」

「近くにはいたけど、ずっと竹本さんのほうを見てた」

「そのとき、あんたの次に柿沼の近くにいたのは？」

問われた萓木は少し考え、

「……宝田さん」

と、答えた。

「ふん、やっぱりそうか」

徳峰は鼻を鳴らす。

「宝田さんが犯人だと思う？」

「いきなり姿を消したことといい、容疑濃厚じゃないか」

「でも、もしも宝田さんが犯人だったとして、どうしてみんなを殺したの？　動機は？」

「それは……いや、今は動機とか考えても意味はない。あいつには俺たちが知らない動機があるのかもしれん」

「わたしたちも、殺されるの？」

「そんなこと、させないさ。俺だってまだ死にたくはない」

徳峰は手にしたナイフを握りしめる。

「いざとなったら、こっちから反撃してやる」

そのとき、大時計が五時の鐘を鳴らした。

萱木が廊下を歩きだす。

「どこに行く？」

「着替える。汗かいたから。徳峰さん、何か飲むもの、探してきてくれない？　喉渇いた。厨房に行けばあると思う」

「ああ、わかった」

徳峰は階段を下りていく。厨房にはワインの他、ジュースや炭酸水、果物や野菜、肉類も貯蔵されていた。彼はワインに手を伸ばしかけて止め、オレンジジュースのペットボトルを冷蔵庫から取り出した。

また二階に上がり、萱木の部屋の前に来ると、ドアをノックした。

「おい、持ってきたぞ」

返事はない。もう一度ノックする。

「おい、いるか。返事しろ」

やはり応答はなかった。さらにノックしようとして、手を止める。

「お嬢……萱木、いるなら返事しろ。しないと勝手に開けるぞ」

少し躊躇してから、ドアを開ける。

部屋の中には誰もいなかった。

「おい、萱木！　どこだ？」

部屋を出て廊下で声をあげる。と、呼応するように鐘が鳴った。ひとつ、ふたつ、みっつ……。

徳峰は異変に気付いたように表情を変えた。

「さっき、五時の鐘を打ったばかりのはずだが……」

鐘は打ち鳴らされる。五つ、六つ……十一、十二、十三……。

「何なんだ?」

急いで一階に下りる。サロンに近付くにつれて鐘の音が大きく響いてくる。十五、十六、十七……。

サロンに飛び込んだ徳峰は、しかしその場で動けなくなった。

「なんて……なんてこと……」

高さ二メートルの大時計、その文字盤に苣木が後ろ手に縛りつけられていた。両足は力なく宙に浮き、頭は壊れた人形のようにうなだれている。そして胸からはナイフの柄が突き出し、そこから着ているシャツに赤黒い血が滴っている。

鳴りつづけていた大時計が、不意に沈黙した。

「あああ……」

徳峰の口から意味のない声が洩れる。後ずさり、そしてサロンを飛び出した。

「うわあああっ……!」

そのままホールを駆け抜け、玄関に突進しかけた。が、その足が急ブレーキを踏んだように止まる。

玄関の大きな扉が開いたのだ。

入ってきた者は、硬直する徳峰に虚ろな瞳を向けた。

「おまえ、か……」

その人物が、干上がった喉から擦れ出るような声を洩らす。

げた。

震える手の先で、握っているナイフの切っ先が光る。徳峰も、やっとのことで声をあ

「おまえがやったのか、おまえがやったのか宝田！」

宝田は答えない。ナイフを突き出し、小さく首を振る。

「俺は……死なん。死んでたまるか」

じり、と徳峰に近付く。徳峰もナイフを両手に握り、威嚇するように宝田に向けた。

「俺まで殺すつもりか。そうは、そうはいかんぞ！」

睨み合う両者の構えるナイフの先が、触れ合いそうなほどに近付く。

「なぜだ？　なぜこんなことをした？」

「どうして殺した？　何が目的だ？」

「言え！　なぜやった？」

「こんなことして、ただで済むと思ってるのか！」

「言え！」

「うるさいっ！」

ほぼ同時に飛びかかった。ナイフを避け、攻撃する。それをかわし、さらにナイフを突き出す。どちらも腰の据わっていない、ひょろひょろとした動きだった。勢い余って無様に転び、慌てて起き上がってまた攻撃する。それを避けようとして壁に激突し、蛙《かえる》が潰さ

れるような声を洩らす。痛みにうずくまりそうになるのを堪え、前のめりの姿勢で突進する。相手もナイフを構えて向かってくる。ホールの中央で両者はぶつかった。

そのまま、動かなくなる。

「ぐっ……」

くぐもった声を洩らし、その場に頽れたのは宝田だった。膝をつき、床に転がる。腹部にナイフが深々と突き刺さっていた。

眼が合った。何か言おうと動きかけた口が細かく震え、止まった。瞳が光を失っていく。

その様を徳峰は見ていた。

「こいつ……うっ！」

言いかけた言葉は途切れる。腹部の痛みに押さえた手の指が、みるみる赤く染まっていく。

「くそっ、俺も刺さ……か」

徳峰は動かなくなった宝田を避けるようにして階段を上がりかけたが、傷の痛みに耐えかねて途中でうずくまった。

「早く、手当て……救急車……」

誰にともなく呟く。応じる者はいない。

「……いやだ、こんなところ、で、死に……ない」

血に濡れた手で階段を摑む。しかし指の力だけでは体を引き上げることもできなかった。

「助けて……誰か……」

助けて、助けて、と繰り返す。苦痛で歪んだ顔が涙に濡れる。やがて、彼も動かなくなった。

それを待っていたかのように、開け放たれたままの玄関の扉から、赤い蟹が入ってくる。蟹は眼を動かして周囲を確認すると、ゆっくりと館に侵入した。そして床に倒れている宝田の体によじ登り、傷口のあたりを探り、赤い爪の先に付いた血を口に運んだ。味を確かめた蟹が爪を上げて振る。と、それに呼応するように一匹、二匹と別の蟹が入ってきた。一匹は前の蟹に続いて宝田の体に登り、もう一匹は階段途中に倒れている徳峰に取りついた。

徳峰はまだ、眼を開けていた。自分の体の上を這っている蟹に気付いていた。しかし、それを払いのける力はもう、なかった。

「やめて……くれ……」

かすかに声が洩れる。蟹はかまわず彼の傷口に爪を浸した。

彼らの晩餐が始まる。

私は彼らに言った。どうぞ心ゆくまで楽しんでください、と。

RED CRAB MURDER MYSTERY

第三部　真相

1

ライトグリーンのジャケットの肩からずり落ちそうになるトートバッグの持ち手を掛け直し、彼女は坂道を歩いた。初夏の陽差しが彼女の分だけ影を作る。

「寺郷《てらごう》の坂」と記された木製の標識が眼に入る。側面に坂の由来らしきものが書かれているが、読んだことはない。ここに住みはじめて七年近くになるが、土地に愛着を感じることもなかった。生きている間はどこかに住まなければならない。それだけのことだ。

目黒区《めぐろく》緑が丘《みどりがおか》一丁目、坂沿いにある赤煉瓦《あかれんが》の建物に入ると、彼女はエレベーターのボタンを押す。築十五年の賃貸マンションの名前は「ブリック寺郷」。その三階に住んでいる。

ドアを開けると外よりも熱い空気が押し出されてきて、彼女は顔を顰める。中に駆け込むとキッチンを通り抜け、リビングのテーブルに置いていたリモコンを手に取り、エアコンを起動させた。３Ｋの部屋はどこも整然としていて、ごみひとつ落ちてはいない。彼女は仕事のある日でも部屋のすべてに掃除機をかけることを日課にしていた。ごみの分別も決められているとおりに行い、洗濯も可能な限りこまめにしている。唯一の例外はベランダに置かれたプランターで、春に植えた万願寺《まんがんじ》とうがらしの苗が収穫を終えて枯れたまま、放置されている。

エアコンの運転ランプが点灯するのを確認すると、彼女はキッチンに戻ってトートバッグの中身をテーブルに並べる。合い挽き肉、セロリ、タマネギ、ダイコン。このラインナップで今日の献立がわかる。セロリハンバーグだ。茎《くき》も葉もみじん切りにしたセロリを挽き肉に練り込み、まとめて焼き上げた後、たっぷりの大根おろしを載せてポン酢をかける。月に一度か二度、彼女はこの料理を作る。副菜は付けない。白飯とハンバーグのみ。

冷蔵庫に買ってきたものを放り込むと、代わりに冷やしておいた緑茶のペットボトルを取り出して一口飲む。そしてスマホのブラウザアプリを開いてネットサーフィンを始める。ここに越してきたときからテレビは置いていないので、情報はすべてネットから入手している。SNSのアカウントは作っているが、書き込みは一切していない。

スマホのディスプレイにはニュースが表示されている。

〝無人島の人骨事件　いまだ解決の目処立たず〟

画面をスクロールして記事を続けて読む。それから動画サイトに移動し、チャンネル登録しているインドの屋台の料理動画を数本観ているうちにバッテリーが乏しくなっていることに気付いて、スマホに電源コードを繋ぐ。コンセントが少し離れているので、充電しはじめると部屋の真ん中でスマホを見ることができない。部屋の隅にクッションを置いて座り、しばらく動画の視聴を続けた。

それも飽きてきて、クッションを部屋の真ん中に戻す。もたれかかり眼を閉じた。

エアコンの風が、彼女の前髪をかすかに揺らす。白いTシャツには胸元にモンドリアンのコンポジションの図柄がプリントされている。穿いているダメージジーンズともども古着屋で手に入れたものだ。爪にピスタチオカラーのマニキュアを塗った指が何かを摑もうとするかのように動く。眠ってはいない。

突然のチャイム。彼女は眼を開ける。起き上がり、頭を振り、ゆっくりと立ち上がる。インターフォンの受話器を手に取ると、小さなディスプレイに男の顔が映し出される。若くは見えないが年寄りにも見えない。髪を七三に分け、白いシャツを着ている。

「はい、どちら様？」

彼女が受話器に話しかける。

――休日にすみません。広島県警の佐藤と申します。

男が警察手帳を開いてカメラに向ける。「佐藤善」という名前が記されていた。役職は巡査部長とある。

――ちょっとお話を伺わせていただけませんか。

「手帳をもう少し近づけてください。確認します」

言われたとおり、彼は手帳を近づけた。

「もう少しはっきり」

言いながらも彼女はディスプレイを見ていない。そそくさとスマホを操作する。

「わかりました。ちょっと待ってください」

インターフォンに語りかけ、振り向いて頷く。時間をかけて玄関に向かった。

ドアを開けると、半袖シャツ姿の男がひとり立っていた。

「どうもすみませんね」

佐藤巡査部長は軽く頭を下げて見せる。実際に眼にすると意外に若そうだった。三十歳前後だろうか。彼女は相手の眼を見つめて、言った。

「どういう用件ですか」

「いやね、瀬戸内海沖の無人島で見つかった人骨の件なんですけどね。知ってます？　今朝の新聞にも載ってましたけど」

佐藤は妙に馴れ馴れしい口調で話しはじめる。

「新聞は取ってません」

「そうですか。長い間誰も住んでない無人島に、たまたま風に流されたヨットが流れ着いて、その乗組員が冒険のつもりで島を探索したら、朽ちてはいるけどずいぶんと立派な館があるのを見つけて、中に入ってみたら人間の骨がいくつも転がってたってんで大騒ぎになったんですよ。知りません？　テレビでも大騒ぎしてるんですけど」

「テレビはうち、ないので」

彼女が答えると、刑事は得心したように頷く。

「ああ、最近はそういうひと多いみたいですね。新聞もテレビも見ない。俺も新聞は取ってないけど、テレビは観ます。テレビっ子だったからテレビのない生活なんか想像できないんですけど、最初から観ないって決めれば観なくても済むようになるのかな。でもテレビを観ないと暇なときは何すればいいんだろう？　あなたは何してます？」

「スマホとか」

「ああ、ああ。スマホ。ツイッターとかティックトックとか」

「Twitterじゃなくて今はX。SNSはしません。ひとつ伺ってもいいですか」

「何でしょうか」

「その無人島の件とわたし、何の関係があるんですか」

「ああ、それね」

佐藤は大袈裟《おおげさ》に頷く。

「わかります。いきなり刑事がやってきて白骨がどうのって言い出したら、誰だってビビりますよね。関係者ならなおのことだ」

「関係者？　わたしが？」

「違うんですか」

「全然関係ありません。ここは東京ですよ。瀬戸内海の事件と何の関係があるっていうんですか」

「でもあなた、広島出身ですよね？」

「東京在住の広島出身者全員に聞き込みをしてるんですか」

「そうではないですけど」

「わたしはその無人島に行ったこともないです。存在も知りません。そもそも身許もわからない白骨死体の関係者なんて、わかるはずがない」

「そうなんですよねえ」

佐藤は頭を掻く。

「まだどの遺体も身許がわかってない。だから関係者なんて、わかるはずがない。よくご存じだ」

刑事は彼女に笑いかける。

「事件のことなんか知らないと言いながら、遺体の身許がわからないことだけは、知ってるんですね。すごいですね」

すぅ、と彼女は息を吸い、そして言った。

「何が言いたいんですか」

「だから、話を聞かせてくださいってことですよ。あなたの知っている話を。お願いしますよ、苣木結美さん」

2

「やっぱり間違えてますね。わたしは荁木なんて名前じゃありませんけど」

彼女が言い返すと、佐藤はなるほどとばかりに頷き、

「そうですね。ここでは千野有希《ちのゆき》という名前でした。本籍は広島県広島市佐南区長束西《ながつかにし》。そうですね？」

「はい」

「その千野さんは、今でも広島に住んでます。あなたとは別人です」

佐藤は口角を上げてみせる。

「そっちのほうが別人だ、なんて言わないでくださいよ。俺、ちゃんと千野さんの家に行って確認してますから。千野家の他の家族も証人です。向こうが本物。あなたは偽者。そうですよね？」

「違わない。確かにわたしは千野有希じゃない」

彼女は口調を変えた。

「でも荁木なんて名前でもない」

「では、何というお名前で？」

「名前は、ない」

「名前のない人間なんて、いませんよ」

「名前を捨てた人間なら、いる」

「……なるほど」

佐藤は息をつく。

「名前を捨て、過去を捨て、違う人間として生きているわけだ。でもね、あなたが過去を忘れても、過去はあなたを忘れない。あなたが萱木結美として生きてきた痕跡は、決して消すことはできないんですよ。たとえば……」

彼は自分のスマホを取り出し指先でスクロールする。

「……あった。これ」

彼女にディスプレイを向ける。

「千野有希さんの中学時代の写真です。卒業式かな。校門の前で同級生と一緒に写ってる。彼女の右隣にいるの、これ、あなたですよね？」

彼女は答えない。佐藤は続けて言った。

「千野さんはあなたとそれほど親しい仲じゃなかったそうです。ただ中学で同じ班にいた。あ、広島じゃクラブのことを班って呼ぶところがあるんですね。その班で一緒に撮ったのがこの写真。間違いないでしょ？　弓道でしたっけ。千野さんに当時のあなたの印象を聞いてみたんですけど、あまり親しく喋ったことがないからわからないって言われました。他人との間に壁を作るタイプだったみたいですね。でもどうして千野さんの名前を名乗ることにしたんです？　もしかして彼女に憧れてたとか？　たしかに名家のお嬢さんだそうですからねえ。でも成績はあなたのほうが上だった。それでもやっぱり実家が太いほうがいいのかな。名前を借りたって、そのひとになれるわけじゃないのに」

「憧れてなんか、ない」

彼女は言う。

「架空の名前でもよかった。実在の人間の名前を使ったのは、そのほうがリアリティを持てるから」

「面白い弁明だ。まあいい、そういうことにしておきましょうか。とにかく、あなたが荁木結美であることは確かだ。そして、あの島の死体に関係していることも」

「なぜ、そう言い切れるの？　何か証拠でも見つかった？」

「いいえ。警察では今も、何ひとつ手がかりを見つけることができないでいます。いや、何ひとつってことはないな。ひとつだけ手がかりになりそうなものがあった。そのおかげで俺は今、ここにいるんですけどね」

「その話、長くなる？　立ったままで疲れるんだけど」

「だったら悪いけど、中に入れてもらえませんか。座ってゆっくり話しましょう」

彼女は答える代わりに身を退いた。佐藤は中に入ってくる。玄関まわりを見回して、

「独り暮らしですか。それとも誰かと同居してます？」

と、尋ねる。彼女はやはり答えない。無言で彼をリビングに案内する。

「こざっぱりとしていて、いい感じのお部屋だ。うん」

佐藤はテーブルの前に座り、胡座《あぐら》をかく。彼女はその向かいに座る。

「さて、自己紹介したとおり俺は広島県警の刑事です。白骨死体の捜査のため名もない無人島に出向きました。先に島のことについて少し説明しておきますと、あの島の所有者が誰なのか、どうもよくわからないんですよ。長い間所有者がはっきりしないまま放置されていた。そういう島は国有財産の扱いになるみたいですが、国だって別に人を派遣して調べるようなこともしなかったみたいでね。あの島に建物があったことも近隣の住民でさえ知らなかったようです。本当にずっと誰からも顧みられることがなかったようです。

そんな島の館内で発見された人骨は全部で五体。さらに捜索したところ、島内の岩場や砂浜で他に五体の人骨が発見されました。衣服など身許を示すようなものは一切なし。同行した鑑識の見解では、島に生息している蟹が死体を骨になるまで食い尽くした可能性はあるものの、衣服や荷物までなくなるのはおかしい。何者かが持ち去ったのではないかということでした。館の中でも遺留品はひとつも見つかりませんでした。

骨は鑑識が徹底的に調べましたが、死因などは特定できませんでした。たとえば船のアクシデントなどで絶海の孤島に流れ着き、そのまま助けを得られずに餓死したというのならわからないでもない。しかし先程も言ったように身許を明らかにしそうなものが一切なくなっていることを考慮すると、他殺の疑いが濃厚になってきました。とはいえ、あまりに手がかりがなさすぎて、現在に至るも警察の捜査には何の進展も見られないわけです。

このままだと迷宮入りの可能性が大でしょうね」

佐藤はすらすらと話しつづける。

「さて、ではどうして俺がここにいるのか。なぜ荁木さん、あなたに辿り着いたか。その説明をしましょうか。今『手がかりがなさすぎて』と言いましたけど、その前には『ひとつだけ手がかりになりそうなものがあった』とも言いました。どっちが正しいと思います？正解は、どっちも正しい、です。手がかりはまったくないわけじゃない。でもその手がかりでは真相に辿り着けそうにない。それが可能なのはただひとり、俺だけなんです。ところで喉が渇きました。何か飲むもの、ありません？」

「ミネラルウオーターでいい？」

「上等です。一杯いただけませんか」

彼女は立ち上がり、冷蔵庫からペットボトルを一本取り出して佐藤に手渡す。

「ありがとうございます。このメーカーの水、俺もよく飲んでますよ。好みが合いますね」

言いながらキャップを開け、一口二口と中身を飲む。

「……美味い。で、どこまで話しましたっけ？」

「あなただけが手がかりを基にして真相に辿り着けると。どんな手がかり？」

「館の中にあった人骨の中に一体、二十代から三十代の女性のものがありました。その骨に一ヶ所、特徴があったんです。左足の小指が欠けてるんですよ。検死の結果、欠損したのは生前、それも十年以上経過していると判定されました。その結果を聞いて、俺は少し、いや、結構、いやいや、かなり驚きました。左足小指のない二十代から三十代の女性。俺は知ってます。俺の姉、佐藤美由紀です」

佐藤はシャツのポケットから一枚の写真を取り出して、彼女に見せた。

「これが姉です。俺のふたつ上。好き嫌いの激しい性格で、学生時代からそれでよく周囲と衝突してました。ミステリが好きで特にクリスティがお気に入りだった。二十歳のときに一度結婚したけど三年で離婚しました。旦那のDVが原因です。左足の小指を失くしたのも、旦那との喧嘩が原因だと聞きました。どうやったら足の小指を駄目にさせられるのか、よくわからないんですけどね。普段は靴を履いてるし歩くのにもさほど支障がないんで、まわりには気付かれないと言ってましたけど。ずっと医師の仕事をしていたんで離婚後も内科医として働いてました。ただ親族との折り合いも悪くて、ずっと俺にも連絡がなかった。最後に会ったのは十年以上も前かな。入院して手術をすることになったので身元保証人になってくれと言われました。癌《がん》で子宮の摘出をしたんですよ。他に頼める相手がいなかったんでしょう。手術は成功して退院できたんだが、今度は仕事を辞めさせられてしまった。勤めてた病院とトラブルがあったみたいでね。もう医者は辞めたい、住むところも変えたいって言うんで、新しく借りたアパートの連帯保証人にもなりました。それきり年賀状のやりとりくらいしかしてなかったんですが、七年前に賃貸の管理会社から連絡がありまして、姉が家賃を支払わないまま行方がわからなくなったので滞納している分を支払ってほしいとね。賃貸契約も破棄すると言われました。慌てて調べてみると、姉は半年くらい前に勤め先の会社を無断欠勤して、それきり連絡が途絶えてしまっていました。結局、後始末は全部俺が背負うことになりました。あちこち謝りまくって金を払わされて。つくづく傍迷惑《はためいわく》な姉だと思いましたよ。失踪届を出すことも考えたんですが、親から止められました。外聞が悪いと言われてね。実の娘がいなくなったんだから外聞も何もないだろうとは思いましたが、俺自身そんなに積極的に捜そうって気にはなれなかった。じつは姉の奴、あちこちに不義理して借金してたみたいなんでね。きっと二進《にっち》も三進《さっち》もいかなくなって夜逃げしたんだろうと思ったんです。なのであえて行方を突き止めるまでもないかと、放っておく気になったんです」

そこまで喋ると、佐藤はまたペットボトルの水を飲む。彼女は黙ってそれを見ていた。

「……ふう。どこまで話したっけかな？　あ、そうそう。姉が失踪したところまで。姉がアパートに残してたものをあらかた処分して残りは引き取って、もしも姿を見せることがあったら返してやろうと――もちろん、俺が払わされた金はしっかり返してもらうつもりで――思ってたんですが、それきり音信は途絶えたままでした。それがこうして思わぬ形で再会することになったわけです。しかしどうして姉がこんな孤島で白骨死体になってしまったのか。俺はこっそり自分で調べてみることにしました。あ、何でしょうか」

彼女が小さく手を挙げている。

「あなたは本当に刑事？」

「ええ、本物です。さっき見せた警察手帳もレプリカとかではないですよ。もう一度見せましょうか」

「でも今、『こっそり自分で調べてみることにした』とか言ってた。これは正式な捜査ではないの？」

「そこなんですよねえ」

佐藤は頭を搔いた。

「犯罪捜査規範って知ってます？　警察官が犯罪の捜査を行うに当たって守るべき心構えとか捜査の方法とか手続きについて定められた国家公安委員会規則。それの十四条にね、被疑者や被害者その他事件の関係者と親族などの関係にある警察官は捜査を回避しなければならない、つまり捜査から外されるという項目があるんですよ。もしも白骨の身許が俺の姉だってことがわかると、俺はもう捜査させてもらえない。それはね、嫌なんです」

「自分でお姉さんの仇《かたき》を討ちたいと？」

「仇、っていうのかなあ。そこまで姉に対して愛着みたいなものはないんですよ。ただ、関係者ってだけで除け者にされるのが、たまらなく嫌だった。だから、黙ってることにしたんです」

「死体のひとつがお姉さんのものだってことを？」

「そう、誰にも知らせてません。だから警察の捜査に加わりつつ、俺は俺で独自に調べることができるんですよ。幸いというか、手がかりはある。姉がアパートに残していったものです。その中にノートパソコンがありました。古い型なんで使う気にもなれなくて押し入れに放り込んだままにしてたんですが、それをあらためて開いてみました。幸いパソコン自体にはパスワードロックもかけてなかったので、簡単に中を見ることができました。姉はパソコンでデータ入力の副業をやってたみたいです。ほとんどがそれ関係のファイルでした。メールも仕事関係のやりとりと、通販のダイレクトメールばかり。それ以外は趣味のマーダーミステリーのものが多かった。じつは俺、マーダーミステリーってのが何なのか知らなくてね。ネットでいろいろ調べてやっと姉が何をしてたのかわかったくらいでした。

姉が失踪する前に誰とやりとりしていたのかもわかりました。ネット上でマーダーミステリーを主宰している『aRrows』というグループのリーダーです。そいつは自分のことをアンドリュー・タッカーと名乗ってました。アンドリューはゲームについてだけでなく姉と私的なやりとりもしていました。ていうか、姉のほうで一方的にいろいろ話してたみたいですね。自分の離婚歴とか経済状況とか。どうして赤の他人にそんなことまで話すんだろうと不思議に思いましたが、多分相談する相手が他にいなかったんでしょうね。それにアンドリューというのがメールの文面を読むだけでもわかるくらい聞き上手でね、姉の気持ちをずるずると引き出すんですよ。互いのやりとりを読んでてちょっと引いちゃうくらいでした。もしかしたら姉はアンドリューに好意を抱いてたのかなあと、そんな気さえしましたよ。で、メールのやりとりをしているうちにアンドリューのほうから姉に『仕事を必要としているなら自分の企画の手伝いをしてくれないか』という誘いが来ました。瀬戸内海の島で行われるリアル・マーダーミステリーにプレイヤーとして参加しつつ、他の参加者を騙す役柄を頼みたいというんです。旅費交通費はもちろん、手当も出すからということで、姉は一も二もなく誘いに乗ったようです。よっぽど金に困ってたのか、それともアンドリューに会いたかったのか。今となってはもうわかりませんがね」

佐藤は言葉を切ってミネラルウオーターで口を湿らせる。

「さて、どこまで話しましたっけ？」

「水を飲むたびに自分の話してたことを忘れるわけ？」

「そういうわけじゃないですよ。これは合いの手みたいなものだと思ってください。ともあれ、姉はこうして無人島へと向かうことになったわけですが、ここまで調べてきたところで『aRrows』というグループのことが気になりまして、ネットで調べてみたんです。しかしその時点ですでにサイトは消されていたみたいで、痕跡も残ってませんでした。しかたないんでSNSとかでマーダーミステリーのファンを装って『「aRrows」というグループが作ったサイトについて知りませんか』と問いかけてみました。いくつかの反応はあったんですが、そこから『aRrows』のサイトに出入りしていたという人物とコンタクトを取ることができました。そのひとは『aRrows』が提供していたマーダーミステリーを何度かプレイしてて、ゲーム自体はそこそこ楽しかったそうなんですが、同時に『aRrows』が開いていた特別なサロンには参加しなかった、というかできなかったそうです。そのサロンに入るには『aRrows』側が許可しないと駄目で、そもそもそういうサロンがあること自体、認められた者以外には知らされてなかったそうです。そのひともはっきりとサロンの存在を知っていたわけでなく、なんとなくそういうものがあるということを他の参加者たちの反応から察したということらしいんですが。参加を許されていた者はみんな、『aRrows』の運営側から誘いを受けていたようです。どういう基準で参加者を選別してたのかと訊いてみると『マーダーミステリーで好成績をあげてた人間、というのではないと思う。それだったら自分が真っ先に誘われるはずだから。だから基準はよくわからないけど、サロンに出入りを許されているらしい連中は、みんなプレイ中のお喋りで河竹瑛の作品のことを散々悪く言ってたって記憶がある。ちょうど『赤死島の惨劇』が出た頃で、話題になってたから。もしかしたらアンドリュー・タッカーも同じ意見だったのかもしれない。自分は結構あの作品好きだったから弁護する側に回ったけど、それで嫌われたのかな』とのことでした」

佐藤はまた水を飲む。今度は彼女のほうから先に言った。

「何の話をしていたのか覚えてる?」

「覚えてますよ。『aRrows』のサロンに誘われていたのは河竹瑛のことを悪く言ってた連中だったのかもしれないって話。それで俺、思い出したんですよ。アパートの連帯保証人云々でまだやりとりをしてた頃、姉から河竹瑛のことを聞かされたことを。ちょうど彼が書いた『赤死島の惨劇』の結末がひどいってんで批判されているときに、クリスティの『そして誰もいなくなった』との類似を指摘されて、『そんな昔の古臭い小説、読んでもいないから真似なんかできるわけない』とか言ったらしくて、それが姉には我慢できなかったみたいでした。俺みたいにミステリの本なんてほとんど読んだことのない人間にまで『河竹瑛はクリスティの名を汚した』とかなんとか、延々と語るんですよ。俺はいい加減に聞き流してたけど、姉はよほど我慢できなかったのか、誰彼かまわず河竹瑛の悪口を言ってたらしい。さっき話に出た『aRrows』のサイトに出入りしていたという人物も『やたら河竹瑛のことを「クリスティの名を汚した言語道断な奴」と腐してた連中がいた』と言ってました。その中に姉がいたのかもしれない。

しかしどうして河竹瑛を批判していた人間ばかりがサロンに誘われたのか。俺が話を聞いた人物が言っていたように、もしかしたら運営者であるアンドリュー・タッカーも同じように河竹瑛批判派だったのか。そのあたりのことが、まだよくわからないんですよ」

佐藤は水を一口飲む。

「ちょっと話は変わりますが、姉が残したパソコンの中にひとつ、パスワードでロックされたフォルダを見つけました。そのフォルダの名前は『aRrows』。こりゃ間違いなく今回の件に関係あるものでしょう。となれば中身、知りたいじゃないですか。頑張りましたよ、パスワード破り。姉の誕生日とか電話番号とか片っ端から入れてみました。でもことごとく撥ねられました。ランダムな文字列が使われてたとしたら、お手上げです。一週間くらいトライして、半ばあきらめかけていた頃、ふと思いついてパソコンの中身をもう一度調べ直してみました。そしたらドキュメントのフォルダにひとつ、まったく意味不明の文字列が記されているテキストファイルが見つかったんです。もしやと思ってそれを入れてみたら、ビンゴでした。姉はパスワードを忘れたときのために書き記しておいたんですね。姉のセキュリティ意識の甘さが今回は功を奏しました。

そしていよいよ開いたフォルダの中身は、ひとつのファイルでした。中身は『赤蟹島の惨劇／赤手蟹島の惨劇』と題されたシナリオでした。出演者は姉の他に十一人。第一部で参加者は世界の名探偵と館の住人に分かれ、マーダーミステリーを自ら演じる。姉はエミリア・タッカーという館の主アンドリュー・タッカーの妻の役を与えられていました。瀬戸内海の無人島——マーダーミステリーの中ではインド洋に浮かぶ通称赤蟹島を舞台に、登場人物のひとりであるトミー・タッカーが殺された謎を解く、というのが筋書きです。

ところが、マーダーミステリーの最中に回答者役であるはずの探偵が殺されてしまう。そこから彼らは役柄を放棄し、素に戻って殺人の謎と無人島からの脱出というミッションに挑まなくてはならなくなる、という流れになっています。

しかしながら、ここがこの話のややこしいところなんですが、この『素に戻った』者たちもまた、ひとつの役柄なんですよ。姉の場合だとエミリア・タッカーという役を演じていた佐藤パメラという劇団員兼医師という役を与えられている。パメラは島内を探索している途中で何者かに襲われ、館に逃げ帰ってきたものの絶命する。最後にはみんな死んで、クリスティの代表作どおり『そして誰もいなくなった』になるわけです。ね、ややこしいでしょ？　よくもまあ、こんな面倒なシナリオを考えたもんだと思いますよ」

佐藤は苦笑を浮かべ、小さく首を振る。

「でも、この話の奇怪なところはこれだけじゃない。実際に姉を含め、多くの人間があの島で死んでいるんです。マーダーミステリーが実際の事件になってしまっている。姉の白骨が発見されたのも、シナリオにあったとおりアンドリューとエミリア夫妻の寝室でした。つまり殺人はシナリオどおりに実行されたわけです。これは一体、どういうことなんでしょうね？　それを今日はあなたに伺いたくてやってきたんですよ」

佐藤は腕組みをして彼女を見つめる。

「どうです？　話してみちゃくれませんかね？」

「まだ、わからないことがある」

彼女は言った。

「どうやってわたしに辿り着いたの？　わたしが萱木結美だと、どうしてわかった？」

「そいつも苦労しましたよ。聞いてくれますか。俺はまず、姉のパソコンから見つけたシナリオと実際に島で遺体が発見されたときの状況を比較してみました。さっきも言ったように館の中で発見されたのが五体。館の外で発見されたのもやっぱり五体。しかしシナリオでは島の探索に出たのが六人で、そのうち佐藤パメラ、つまり姉が重傷を負って館に戻り、そこで絶命する。その時点で館の中にいたのは他に徳峰祐太郎、宝田久英、柿沼早苗、剣崎耀司、萱木結美。つまり六体の白骨がなければならない。しかし実際に見つかったのは五体。しかもそのうち女性の骨は一体、それが姉です。ていうことは、もうひとりの女性、萱木結美がいないってことになる。シナリオでは萱木はナイフで胸を刺され、大時計に括り付けられていることになってるけど、そんなものはなかった。なぜか。そこで俺は考えました。萱木結美だけは死んでないんじゃないか。彼女は生きてるんじゃないか。だとしたら、彼女こそがこの事件の鍵を握ってるんじゃないか、とね」

佐藤は彼女に人差し指を向ける。

「まさかここまで真相に迫る人間がいるなんて想像してなかったでしょ。しかしいたんだなあ、そういう人間が、ここにね」

今度は人差し指を自分に向けた。

「まず萱木結美という名前をネットで検索にかけてみました。そのものずばりはヒットしなかったけど、萱木という珍しい苗字の人間が何人か見つかった。そこで俺はその萱木さんたちに片っ端から結美という名前の人間を知らないかと尋ねてみることにしました。そしたら何件目かで有力な情報を手に入れることができた。萱木篤郎《とくろう》という広島に住んでいる男性の娘が結美という名前だと。あなたのお父さんですね?」

「もう何年も会ってないけど」

「向こうもそう言ってましたよ。両親と折り合いが悪くて、高校卒業後に家を出たそうですね。それから職と住所を転々と変え、現在に至る。あなたの両親もあなたがどこに住んでいるのか知らなかった。調べるのに苦労しましたよ」

「ご苦労さま。苦労は報われた?」

「多分ね。こうしてあなたに会うことができたんだから。しかしまだ、肝心なことがわかっていない。それをあなたに話してもらいに来たんですよ」

佐藤はテーブルに手を置いて、身を乗り出した。

「教えてください。あの島で一体、何があったんですか」

「人が集まってきて、人が死んだ。それだけ」

彼女の返答に、彼は首を振る。

「いやいや。それだけってことじゃないでしょう。単なるお遊びのマーダーミステリーのはずが、本当に人が殺されたんですよ。誰が、いつ、なぜ殺したのか。それを知りたいんです」

佐藤は彼女を見つめる。彼女も彼を見つめ返す。

「姉のパソコンに残されていたシナリオによると、名探偵たちの謎解きの最中、デミアン・オーウェンスに扮した剣崎耀司がまず毒殺され、その騒ぎの最中にリンジー・リンチに扮した柿沼早苗が胸にナイフを突きたてられて死ぬ。もちろんこれは芝居です。剣崎は毒を飲んだふりをするだけ、柿沼は小道具のナイフを自分で胸に刺さったように見せかけるだけ。そしてひとりずつ、館からいなくなっていく。そして残されたのはハリー・ブライアンに扮した徳峰祐太郎とローラ・モーガンに扮した荳木結美のふたりだけ。その荳木も殺され、ひとり残った徳峰は戻ってきたマシュー・マッキンタイアこと宝田久英を犯人だと指摘し、互いに殺し合いになり、双方絶命する。ジ・エンド。まさに『そして誰もいなくなった』みたいな話です。でもこれは本来マーダーミステリー、つまりゲームだった。殺されるのも全部お芝居のはずでした。

お芝居。お芝居。妙ですね。もし本当にお芝居だったとしたら、これは一体誰に見せるためのものだったのでしょうか。どこに観客がいたのか。

俺はもう一度シナリオを読み返してみました。そして気付きました。もしこの芝居に観客がいるとしたら、それは最後まで生き残っていた人物なのではないか。つまり、あなたですよ。これはあなたのために用意され演じられたものなんだ。違いますか」

彼女の視線は刑事に向けられたまま。何も答えない。佐藤は告発を続ける。

「あなたは彼らに探偵や被害者の役を演じさせた後、シナリオを現実のものとするために彼らを殺した。死体のふりをしているときは無防備ですから、刃物で刺すなり紐で首を絞めるなり、好きにできたでしょう。そうして完成させたマーダーミステリーをひとり楽しんだ。そうじゃないんですか」

佐藤はペットボトルの残りの水を飲み干し、たん、とボトルをテーブルに置いた。

「これはあなたひとりが楽しむためのゲームです。そのために姉を含め、多くの人の命を奪った。犯罪です。相当下劣な犯罪。そうであると認めますか」

彼女は不意に立ち上がる。佐藤は少し身構えるが、彼女はかまわずキッチンに向かい、冷蔵庫から缶ビールを一本取り出すとリビングに戻り、佐藤の前に座り直すとプルトップを開けてビールを喉に流し込む。

「いい飲みっぷりですね。俺には水で自分はビールですか」

「ミネラルウオーターで上等って言ったのはあなた」

彼女は缶を置くと、言った。

「彼らを殺したのは、わたし。それは正解」

「ずいぶんあっさりと認めるんですね。もっと抵抗すると思ってた」

「黙秘権の行使とか、めんどい。あなたが言うとおり、死体の役で動かなくなっている隙を狙ってやった。手間はかからなかった。後は赤蟹が全部、片づけてくれた」

「想像すると充分グロい話ですね。姉も蟹にじわじわ食われていったんだ」

「腹が立つ？」

「さすがに身内ですから。しかしどうして、そんなことをしたんですか。なぜ姉たちを殺さなきゃならなかったんですか」

佐藤の問いかけに、彼女は答える。

「それもあなたが言ったとおり。あいつらが河竹瑛のことを貶したから」

少しの間を置いて、佐藤が戸惑ったように、

「……え？　ちょっと、ちょっと待って。それだけ？　それだけの理由で殺した？」

「充分な理由。あいつらはみんな、河竹瑛をひどくディスった。口汚く罵った。存在まで否定するような言いかたをした。それで彼は深く傷ついた。小説を発表することをやめ、表舞台からも姿を消してしまった。わたしたちの希望を奪った」

「てことは、あなたは河竹瑛のファン？」

「彼が生きる希望だった。親からも学校からも疎外されて、生きる希望も失くしてたとき、彼だけが支えだった。彼に生かされてた。その希望を奪ったのが、あいつら。だからわたしに残された選択肢はふたつ。自分が死ぬか、あいつらが死ぬか」

「いや、いやいや、どうしてそんな極端な考えになるんですか。おかしいでしょ」

信じられないといった顔の佐藤に、彼女は小さく首を振る。

「おかしくない。おかしいかもしれないけど、わたしにとっては全然あり。そう思えないのは、きっとあなたが絶望したことがないから」

「絶望くらいなら、いくらでもしてますって。大学受験に失敗して一浪したときとか、警察学校で教官に絞られて逃げ出そうと思ったときとか。でも大学を爆破しなかったし教官を殺したりもしなかった」

「あなたが殺さなかったのは別にどうでもいい。その程度の絶望だったってこと」

「人の絶望を『その程度』だなんて軽く思ってほしくないけど。そう言うあなたこそ、その程度の動機で、あれだけの大量殺人をやってのけたんですか。やっぱり信じられないな」

「あなたが信じようと信じまいと、どうだっていい。わたしにとって生きるために必要なのは河竹瑛、息抜きでやってたマーダーミステリーも大事な場所だった。でもその息抜きの場でも河竹瑛をひどく罵る連中がいた。そいつらはわたしの大事なものを壊し、大事な場所を奪った。許せなかった。だから殺した。そういうこと」

「うーん……」

佐藤は頭を掻きながら、

「……納得はできないけど、理解はしました。あなたはそういう人間なんだってことですね。あなたはあの島にみんなを集め、猿芝居みたいなことをさせながら、ひとりひとり殺していった。てことは、あなたがアンドリュー・タッカー本人ってことですか」

ビールを飲みながら佐藤の言葉を聞いていた彼女は、小さく息をついた。

「根本的なところが、全然わかってない。わたしは高校を出てから、ずっとひとりで生きてきた。あなたのお姉さんと同じように非正規の仕事を転々としてきた。貯金もできなかった。いつもぎりぎりの生活をしてた。そんな人間がどうやって島にあれだけの人間を集めることができる？　彼らの渡航費を用意することさえままならない。到底無理」

「たしかに。では首謀者は、アンドリュー・タッカーは別にいるということですか」

「館の中にいた者は殺せても、あのとき島の探索に出ていた連中には手を出せなかったしね」

「館の外にいた劇団員役の中にアンドリュー・タッカーがいたと？」

「全然違う。彼らもみんな、河竹瑛にひどいことをした犯罪人たち。だから処刑された」

「しかしそれでは……あ」

佐藤はふと思いついたように、

「そうだ。島に渡ったのは十二人。見つかった白骨は全部で十体。犯人のひとりであるあてたはここにいる。ということは、もうひとり誰か――」

「そういうこと」

背後の声に振り向いた佐藤の頭上に、木刀が振り下ろされた。

3

鈍い音。呻き声。咄嗟《とっさ》の動きで頭蓋への一撃は免れたものの、肩を痛打された佐藤は床に転がる。

「……う……」

仰向けに倒れた彼は、虚ろな眼で襲撃者を見つめた。

「……あんたは……」

「お話に夢中になって、僕が部屋に入ってきたことに気付かなかったですね。刑事のくせに単独行動することといい、不用心すぎますね。だからこんなことになる」

「……そうか、山内、山内冬とかいう……」

「正解です」

山内は微笑んだ。

「あのとき崖で何かに襲われて落ちたふりをしました。実際は崖下《がけした》の出っ張りに降りて、そこから壁面伝いに逃げただけですけど」

「あんたが、館の外にいた連中を殺したのか」

「無防備に死人の演技をしてくれてたので、仕留めるのは比較的楽でした」

「あんたら、何のためにこんな……」

「言ったはず。河竹瑛を葬った者たちへの制裁」

彼女が言った。

「それをひとつの物語として見てもらうこと。それがわたしたちの目的だった」

「見てもらう？　誰に……？」

「決まってる。あの舞台を見るべきひとは、ただひとり」

「そこまでにしておこうよ」

山内が彼女を止めた。

「冥土の土産を持たせる必要はない。さっさと始末しちゃおう」

「そうだね」

彼女も同意する。山内は木刀を佐藤に突きつけた。

「あまり動かないでください。できれば苦しまずに止めを刺してあげたいから」

「そうは、いかない」

佐藤は打ち据えられた肩を押さえながら、身を起こす。

「まだ現世に未練があるんでね。そっちの都合に合わせて、簡単に死ぬわけにはいかないんだ」

「それは残念。でも、これで終わりです」

山内が木刀を振り上げる。佐藤が、かすかに笑う。

「終わりは、おまえだよ」

突然、ドアが勢いよく開かれる音がして、数人の男たちが室内に飛び込んでくる。山内はたちまち押さえつけられ、木刀を奪われた。彼女も両脇を男たちに挟まれ、身動きできなくなった。

「山内冬、俺への殺人未遂で緊急逮捕だ」

顔を顰めながら起き上がった佐藤が言った。

「ひとりで来たんじゃなかったんですか」

「そんなことをする刑事がどこにいる？　あんたを誘き寄せるために仕組んだ罠だよ」

佐藤は彼女のジャケットのポケットに手を入れ、通話状態になっているスマホを取り出した。

「もしもし？　聞こえる？」

話しかけた彼の声は山内の胸ポケットに収まっていたスマホからも聞こえてきた。

「俺がやってきたときから連絡をし合っているのはわかってたよ。大急ぎで駆けつけたんだね。ご苦労さん。あんたも河竹瑛の熱烈なファンなのかな？」

佐藤の問いかけに、山内は頷きかけて、

「いや、これ以上は何も言わないことにする。それでなくても彼女は、僕が到着するまでの時間稼ぎだったとしても、いささか話しすぎた。僕はこれから黙秘権を行使しますよ」

それきり、何も言わなくなった。

「やれやれ」

佐藤は彼女に視線を向ける。

「お姉さんの話、あれは嘘？」

「いいえ。美由紀は正真正銘、俺の姉です。さっき言ったとおり本来なら捜査に加われないんですが、特別にこの役をやらせてもらえました。部下思いの上司なんです」

「そう。わかった」

そう言ったきり、彼女も口を噤《つぐ》んだまま、もう何も言わなくなった。

「いいでしょう。これからは根比べだ。この厄介な事件の全貌を、きっと聞き出してみせるから。さあ、行きましょうか」

彼女と山内は警官たちに引き連れられていく。部屋を出るとき、彼女は一度だけ、こちらを見た。たしかに見た。でも、何も言わなかった。

4

部屋には誰もいなくなった。私の他には。

ドアスコープや窓の外を確認し、警察官たちが残っていないことを確認すると、マントのフードを下ろす。

玄関前に立てかけてあるミラーに、自分の頭部だけが映し出される。打ち首みたいで、いつもおかしくなる。少し笑う。

マントを肩から下ろす。上半身から自分の姿が見えてくる。ふっ、と息を吐く。

警察で彼女は、山内は何を話すだろう。何もかも話してしまうかもしれない。ふたりを信じてもいいが、リスクはある。やはり手筈《てはず》どおり、出かけるべきだろう。

私は室内を見回す。ここで暮らした年月も、悪くはなかった。彼女は私に尽くしてくれた。だがそれも、今日で終わりだ。

日本には六千以上の無人島が存在する。そのいくつかを手に入れ、住めるようにしてある。どこに行っても私は自由だ。誰に咎められることもなく生きていける。

肩に掛けたマントが、鏡に映った私の上半身を透明にしていた。そう、このマントがあれば、私は自由だ。別にこんな人の集まる街中でも、暮らすことができる。少し息苦しいけど。

私――〝見えないジョー《インビジブル・ジョー》〟にできないことはないのだ。

ただ、もう河竹瑛として生きることは諦めたほうがいいだろう。きっとこの名はこれから先、忌むべきものとして人々の口にのぼるだろうから。この名前はもう消してしまおう。アンドリュー・タッカーという名前を消したように。

もう一度マントを着込む。私の姿は完全に見えなくなる。

「ありがとう結美、冬。楽しかったよ」

一言残し、私は部屋を出た。

本書は、書き下ろしです。

使用書体
本文――――A P-OTF 秀英明朝 Pr6N L＋游ゴシック体 Pr6N R〈ルビ〉
柱――――A P-OTF 凸版文久ゴ Pr6N DB
ノンブル――ITC New Baskerville Std Roman

星海社
FICTIONS
オ4-01

レッドクラブ・マーダーミステリー

2024年12月16日　第1刷発行　　定価はカバーに表示してあります

著　者 ―――― 太田忠司《おおたただし》

発行者 ―――― 太田克史《おおたかつし》
編集担当 ―――― 前田和宏《まえだかずひろ》

発行所 ―――― 株式会社星海社
〒112-0013 東京都文京区音羽 1-17-14 音羽 YK ビル 4F
TEL 03(6902)1730　FAX 03(6902)1731
https://www.seikaisha.co.jp

発売元 ―――― 株式会社講談社
〒112-8001 東京都文京区音羽2-12-21
販売 03(5395)5817　業務 03(5395)3615

印刷所 ―――― TOPPAN株式会社
製本所 ―――― 加藤製本株式会社

ISBN978-4-06-538282-0　　N.D.C.913　284p　19cm　Printed in Japan

ラインナップ

『永劫館超連続殺人事件
魔女はXと死ぬことにした』

南海遊

Illustration／清原紘

「館」×「密室」×
「タイムループ」の
三重奏《トリプル》本格ミステリ。

「私の目を、最後まで見つめていて」

そう告げた“道連れの魔女”リリィがヒースクリフの瞳を見ながら絶命すると、二人は１日前に戻っていた。

母の危篤を知った没落貴族ブラッドベリ家の長男・ヒースクリフは、3年ぶりに生家・永劫館《えいごうかん》に急ぎ帰るが母の死に目には会えず、葬儀と遺言状の公開を取り仕切ることとなった。

大嵐により陸の孤島《クローズド・サークル》と化した永劫館で起こる、最愛の妹の密室殺人と魔女の連続殺人。そして魔女の“死に戻り”で繰り返されるこの超連続殺人事件の謎と真犯人を、ヒースクリフは解き明かすことができるのか——

ラインナップ

『涜神館殺人事件』

手代木正太郎

超常現象渦巻く
悪魔崇拝の館で始まる、
霊能力者連続殺人事件！

“妖精の淑女”と渾名されるイカサマ霊媒師・グリフィスが招かれたのは、帝国屈指の幽霊屋敷・涜神館。悪魔崇拝の牙城であったその館には、帝国が誇る本物の霊能力者が集っていた。交霊会で得た霊の証言から館の謎の解明を試みる彼らを、何者かの魔手が続々と屠り去ってしまう……。この館で一体何が起こっていたのか？　この事件は論理で解けるものなのか？　殺人と超常現象と伝承とが絡み合う先に、館に眠る忌まわしき真実が浮上する——!!

SEIKAISHA

星々の輝きのように、才能の輝きは人の心を明るく満たす。

その才能の輝きを、より鮮烈にあなたに届けていくために全力を尽くすことをお互いに誓い合い、杉原幹之助、太田克史の両名は今ここに星海社を設立します。

出版業の原点である営業一人、編集一人のタッグからスタートする僕たちの出版人としてのDNAの源流は、星海社の母体であり、創業百一年目を迎える日本最大の出版社、講談社にあります。僕たちはその講談社百一年の歴史を承け継ぎつつ、しかし全くの真っさらな第一歩から、まだ誰も見たことのない景色を見るために走り始めたいと思います。講談社の社是である「おもしろくて、ためになる」出版を踏まえた上で、「人生のカーブを切らせる」出版。それが僕たち星海社の理想とする出版です。

二十一世紀を迎えて十年が経過した今もなお、講談社の中興の祖・野間省一がかつて「二十一世紀の到来を目睫に望みながら」指摘した「人類史上かつて例を見ない巨大な転換期」は、さらに激しさを増しつつあります。

僕たちは、だからこそ、その「人類史上かつて例を見ない巨大な転換期」を畏れるだけではなく、楽しんでいきたいと願っています。未来の明るさを信じる側の人間にとって、「巨大な転換期」でない時代の存在などありえません。新しいテクノロジーの到来がもたらす時代の変革は、結果的には、僕たちに常に新しい文化を与え続けてきたことを、僕たちは決して忘れてはいけない。星海社から放たれる才能は、紙のみならず、それら新しいテクノロジーの力を得ることによって、かつてあった古い「出版」の垣根を越えて、あなたの「人生のカーブを切らせる」ために新しく飛翔する。僕たちは古い文化の重力と闘い、新しい星とともに未来の文化を立ち上げ続ける。僕たちは新しい才能が放つ新しい輝きを信じ、それら才能という名の星々が無限に広がり輝く星の海で遊び、楽しみ、闘う最前線に、あなたとともに立ち続けたい。

星海社が星の海に掲げる旗を、力の限りあなたとともに振る未来を心から願い、僕たちはたった今、「第一歩」を踏み出します。

二〇一〇年七月七日

星海社　代表取締役社長　杉原幹之助
代表取締役副社長　太田克史